U0407564

智慧公主马小岚纯美爱藏本5

马翠萝 著

化学工业出版社
·北京·

图书在版编目(CIP)数据

穿越时空的公主/马翠萝著. —北京：化学工业出版社，2015.5(2023.4重印)
(智慧公主马小岚纯美爱藏本)
ISBN 978-7-122-23538-1

Ⅰ. ①穿… Ⅱ. ①马… Ⅲ. ①儿童故事-中国-当代 Ⅳ. ①I287.5

中国版本图书馆CIP数据核字(2015)第066725号

公主传奇　穿越时空的公主　马翠萝著
ISBN 978-962-08-4977-0

北京市版权局著作权合同登记号：01-2012-2901

责任编辑：张素芳　　责任校对：战河红

出版发行：化学工业出版社（北京市东城区青年湖南街13号　邮政编码100011）
印　　装：大厂聚鑫印刷有限责任公司
880mm×1230mm 1/32　印张 5½　2023年4月北京第1版第12次印刷

购书咨询：010-64518888　　售后服务：010-64518899
网　　址：http://www.cip.com.cn
凡购买本书，如有缺损质量问题，本社销售中心负责调换。

定　　价：16.80元

目录

第1章
穿越时空六百多年

马小岚从天而降，“砰”一声被重重地抛下地面。

她还来不及喊疼，便吃惊地睁大了眼睛——自己掉到一个杀声震天的古战场上了！

只见两支军队在厮杀，喊杀声、马嘶声、武器撞击的“乒乒乓乓”之声不绝于耳。

拍古装戏！这是小岚脑海中首先浮现出来的念头。

但她马上意识到了自己身处险境。

一匹高头大马正向她直冲过来，她试图向左跑开，差点被另一匹马撞倒，试图向右移动，又差点被一把大刀刺中，那马毫不减速，眼看就要撞上……

向来无所畏惧、胆大包天的马小岚，不禁乱了方寸。

突然，一飞骑跑了出来，马上人一伸手，把小岚拦腰抱起，又一策马，转眼间跑出百米之外。那人把小岚轻轻放下，说了一句：“这里危险！快走，越远越好！”

那人说完，一拉马缰绳，那马又飞快地跑回战场去了。

这一切发生得那么快，小岚只来得及看了救命恩人一眼，他身穿古代将军服，方脸、剑眉、凤眼，严武中又见

儒雅……

不远处，厮杀仍在继续，小岚生怕那些马又跑过来，见旁边有座小山，便急忙往山上爬去。上到山顶，她一屁股坐到厚厚的草地上气喘吁吁。

这时，她才来得及想想究竟发生了什么事。

一刻钟前，小岚还身在香港红磡体育馆的化妆室。“慈善星辉古琴演奏会”两点半开演，作为演出者的她正在化妆。

一个月前，小岚的养父养母马仲元和赵敏参与考证一批文物，其中包括一张千年古琴“翠岭遗音”。这张琴在古籍中早有记载，为古琴中之极品，不但外形雅致，音色更是绝顶优美。赵敏是考古学家，同时又是一位著名的古琴演奏家。她有心让香港市民一睹千年古琴的风采，于是征得有关部门同意，准备携琴在红馆献艺，并把演出收益全部拨作公益金，帮助有需要的人。

岂料天有不测风云，事情刚敲定，赵敏就觉得肝部不舒服，便去医院诊治，谁知一去就出不来了——她被医生确诊为肝癌末期，需马上住院治疗。

赵敏不想让这桩美事流产，本想带病演出，却遭到医生强烈反对。刚从乌莎努尔赶回的小岚明白妈妈的心意，便决定代赵敏演出。小岚自小跟着著名古琴大师龙冠廷学习古琴，技艺虽然比赵敏略逊，但比起其他演奏家仍算上乘，演

一场一点问题没有。

盛事轰动了香港。人们早就听闻小岚公主的逸事，都想一睹她的风采，加上还有一张难得一见的千年古琴，又是由公主亲自弹奏，所以，一时间掀起抢票热潮，几千张票很快卖光了。

为了配合那张古琴，小岚特地打扮成明代少女，穿着阔袍大袖的衣服，还戴着假发，这让她觉得很不习惯。她不时摆弄着长袖子，想看看把它捋高点儿还是放低点儿好。

这时，打扮成侍女的晓晴和穿着书童衣服的晓星跑了过来。

晓星边跑边问："小岚姐姐，还有十分钟就开演了，你准备好了吗？"

晓晴看了看小岚的脸，关心地说："你脸色不好，是不是有点儿紧张？"

小岚摇摇头："没有，我只是牵挂着妈妈的病。"

赵敏已开始接受化疗，反应很大，人瘦了一圈，原先一头黑亮的头发也掉了不少。医生向马仲元和小岚暗示，情况不太乐观，如果化疗效果不好，那赵敏极可能只剩下几个月的寿命。为此，小岚忧心不已、寝食难安。

"小岚姐姐，你别担心，赵阿姨是个大好人，她一定会没事的。"晓星安慰着小岚。

晓星坐到小岚旁边的椅子上，从口袋里掏出一个黑盒子，那是他早前在南非月亮洞里找到的时光机。时光机自从带他们回了一趟1992年的西安后，就没电了。这东西不知怎么没有充电装置，所以没法再使用了。后来晓星想出了个主意，每天把它搁在太阳底下，希望利用太阳能给它充电。时间过去多时，那时光机仍然无声无息。为这事，晓星还老被小岚和晓晴笑话，说他异想天开。

晓星打开时光机一边摆弄着，一边叹气说："要是时光机能用就好了，我们就可以满世界跑，替赵阿姨寻找特效药……啊！"

晓星突然喊了一声，把小岚和晓晴吓了一大跳，都转脸盯着他看。

"灯亮了，有电了，有电了！"晓星惊喜地喊着。

"真的？"两个女孩赶紧凑了过来，但一看，时光机上那些小灯一盏都没亮。

小岚敲了晓星脑袋一下，说："小坏蛋，开什么玩笑！"

晓星着急地说："真的，刚才真的亮了！"

他用指头在时光机上面乱按，似乎要证明自己的确没说谎。

突然，时光机发出炫目的光亮，啊！那可是启动的信

号，难道时光机真的能用了？

小岚怕时光机把晓星带走，便喊道：“快，快把它按停！”

可是，晚了。晓星坐着的椅子旋转起来了，慢慢离开了地面……

“晓星！”小岚和晓晴大吃一惊，都本能地伸手去拉住晓星，谁知椅子越转越快、越升越高，把他们三人带上了半空……

小岚想到这里，一拍大腿，自言自语地说：“我明白了，一定是晓星那家伙又按了我出生那一天，于是时光机又把我们带到了西安。怪不得遇上拍古装戏，西安是中国著名的古都之一，历史上曾有十三个王朝在这里建都，许多古装戏都在这里取景……”

弄清了所处的环境，小岚稍放了点心，便开始寻找起晓晴和晓星姐弟来了。哼，找到晓星这小坏蛋，先给他一个“炒栗子”尝尝！

突然，她听到背后有人喊：“小岚姐姐！小岚姐姐！”

是晓星的声音！

声到人到，晓星已扑了过来。

“小岚姐姐，吓死我了，吓死我了！”他一把拉住小岚的胳膊，小脸儿吓得煞白。

小岚见晓星这样，不忍心再敲他脑袋，只是气呼呼地用手指点了他的前额一下："活该，你这是自食其果！"

晓星刚要说话，却听到不远处有人在大声喊："小岚，晓星……"

"是姐姐！"晓星大喊着。

两人急忙朝着声音发出处跑去。

咦，晓晴在一棵树上呢！她正像一只树袋熊一样，死死抱住树干不放。

晓星眨巴着眼睛，说："姐姐你什么时候学会爬树了？"

晓晴气急败坏地说："才不是呢，刚才掉下来，正好挂树上了！快救我下来！"

小岚身手敏捷地爬上树，帮晓晴下了地。

"哎哟哎哟！"晓晴脚一点地，却又随即一屁股坐到了地上。只见她双手抱住右脚，在大声叫痛。

小岚蹲下来，捧起她的脚，仔细检查了一下，说："问题不大，只是脱臼了，我能帮你治好。"

晓晴停住了叫喊，她怀疑地瞅着小岚："你？你真能治？"

小岚信心满满地说："我在每每部落地震时跟万卡学的。小菜一碟！"

小岚开始在晓晴脚上轻轻按摩，晓晴感觉并不痛，便放了心，让她摆弄。

谁知……

小岚冷不防用力一扭。“啊！痛死我了！”晓晴杀猪般惨叫起来。

小岚站起来，拍拍手上的土，说：“别喊了，站起来走走看。”

“不站，就不站！我的腿要断了，妈呀！”晓晴赖着不肯起来，嘴里还在不断地诅咒着，“狠毒小岚，黑心小岚……”

“好心不得好报，你再咒我，我真的敲断你的腿！”小岚一把扯起晓晴，“大小姐，你先走走看再叫好不好！”

“不走，死也不走，你想痛死我吗？”晓晴单脚站着，死也不肯走。

小岚冷不防用手指捅捅她的胳肢窝。晓晴最怕痒了，她尖叫一声，拔腿就跑。

晓星拍着手喊了起来：“哈，姐姐，你的脚真的没事了！”

晓晴停了下来，她狐疑地看看自己的脚，说：“咦，真的，这脚怎么就没事了呢？”

小岚在一旁“嘿嘿”地怪笑着。

“还不是小岚姐姐妙手回春，帮你治好的！”晓星大声说完，又不忘给自己偶像“擦擦鞋”，“我的小岚姐姐，真是天下第一，一级棒！”

小岚撇撇嘴，说：“刚才还有人咒我狠毒呢！真是‘狗咬吕洞宾，不识好人心’！”

晓晴走到小岚身边，用拳头捶捶她，说：“对不起，你不知道，刚才你那一下子，好像真想要我的命！”

“哼！”小岚把头扭向别处。

晓晴死皮赖脸地说：“好小岚，别生气了。我将功赎罪，顶多以后免费替你上网查资料。”

“这还差不多！”小岚得意地笑着。

“妈呀！我们现在是在哪里呀？”解决了脚伤，晓晴才顾得上看看四周环境，她马上尖叫起来，“晓星！看你干的蠢事，竟然把我们扔到这荒山野岭来了！”

晓星缩着脖子，嘟嘟囔囔地说：“还不是怪你们，不信能利用太阳能充电。要不，我也不至于为了证明给你们看，不小心启动了时光机。”

“你闯了祸还想耍赖呀！”晓晴用高八度的声音高叫着，“妈呀，别让我们掉到了什么食人族原始森林。”

小岚皱着眉头：“女高音小姐，麻烦调低音量！”

晓晴嘟着嘴说：“人家心里着急嘛。”

“放心吧，这里不是原始森林，也没有食人族……”小岚把自己掉进拍戏现场差点被马踩死，幸亏被人救了的事告诉晓晴姐弟，“我估计这里是西安，可能是晓星按动时光机时，又按了我出生的那年了。”

晓星忙说：“对对对，是西安！姐姐，你别再杞人忧天了，我们没事的。哈哈，小岚姐姐不总说我是福将吗？你看，这次我又误打误撞做了好事了。说不定，我们这次时空之旅，就能查到小岚姐姐的身世秘密呢！”

“西安？这还不算太糟！”晓晴嘟嘟囔囔地说。

小岚白了晓星一眼，说：“查你个头，我们得赶快回去呢！演奏会快开始了。”

晓星说：“这就走啊！上次因为被警察追没查到你的身世秘密，这次又……”

小岚说：“少废话，快把时光机拿出来。”

“好吧！”晓星不情愿地掏着口袋，但没掏到，“糟糕，时光机呢？我掉下来时，还拿在手里的，我还小心地把它放进口袋里了。”

小岚和晓晴一听也大为紧张。

晓晴尖叫道：“天哪，没了时光机，我们怎么回去？”

“请闭尊嘴，做点有建设性的事情吧！”小岚瞪她一眼，“时光机一定是掉在这附近了，我们赶快找吧！”

第2章
救救建文皇帝

三个人正在心急火燎地寻找着，忽然前面来了一个白胡子伯伯。他看了看小岚他们，大声问：“你们在找什么？”

晓星快言快语地说：“伯伯好！我们丢了时光机，正在找呢！”

老伯伯说：“时……什么机？”

小岚赶快说：“我们在找一个黑色的小盒子呢！”

老伯伯把手一伸，说：“是这个吗？”他摊开的大手里，正躺着那个黑亮的时光机。

“噢，太好了！”晓星一把拿过时光机，大声欢呼起来。

小岚对老伯伯说：“太感谢您了！”

老伯伯笑眯眯地说：“小事一桩。我刚才在林子里砍柴，在树下捡的。”

小岚这才看清楚老伯伯手里拿着一把砍柴刀，肩上扛着一些柴。令人触目的是，他身上穿的是古代服装。

难道这里也是拍戏现场？

晓星抢着问：“伯伯，您也是来拍戏的吗？”

“拍戏？”老伯伯愣了愣，又笑着说，“哦，你是说唱

戏吧。我哪能唱戏！我是来砍柴的。”

晓星上下打量着老伯伯：“您不是拍戏，干什么穿这衣服？”

晓晴在小岚耳边小声说：“肯定是偷摄制组的……”

老伯伯看着晓星，笑着说：“你这孩子说话真怪，这衣服怎么啦？哦，你说这衣服又旧又破吧，家里穷，这套还算好的呢！”

“我不是这个意思！”晓星突然醒悟过来，大声说，“我明白了，您一定是从陶渊明说的‘桃花源’出来的。哇，精彩，销声匿迹的‘桃花源’被马小岚、周晓星和周晓晴发现，重见天日……”

老伯伯没再说话，只是看着晓星笑。

小岚听着晓星和老人的对话，脑子在飞快地转着，莫非……为了证实自己的猜想，她插嘴问道：“伯伯，请问这里是什么地方？现在是何年？”

老伯伯呵呵地笑了起来：“小姑娘，你考我吗？我虽然年近七十，但并不糊涂。这里是南京城外，今年是建文四年……”

小岚急问：“是明朝建文四年？”

老伯伯回答：“正是！”

“妈呀！”晓晴尖叫起来。

三个孩子面面相觑，都傻了。上次穿越时空，只不过回到了十几年前，这次真不得了啦，竟然回到了六百多年前的明代。

晓星首先喊了起来："哇，我们竟然回到了明代！"

晓晴也忘了害怕，兴高采烈地说："好玩好玩，我们说不定还能遇到皇帝呢！"

只有小岚仍在低头沉思。晓星问道："小岚姐姐，你在想什么呢？"

小岚兴奋地说："我估计，我们可能身处明代一个很关键的时候。刚才我身处古战场的时候，看见那两支军队举的旗帜，分别写着'明'和'燕'，那就是说，交战双方是燕王朱棣和建文皇帝朱允炆。对，刚才那场战斗，一定是燕王攻打皇城，准备夺侄子的皇位。"

一旁的老伯伯面露惊愕之色，他说："小姑娘，你胆子真大，竟然敢直呼皇上名讳。你说得没错，自从建文皇帝登位以后，因为削藩，得罪了他的叔叔们，燕王首先反了，起兵南下，打了几年，已经打到皇城脚下了，大家都说，这江山早晚是燕王的。"

小岚问老伯伯："请问今天是几月几号？"

老伯伯说："建文四年六月十三日。"

小岚脸色一变，她问老人："伯伯，现在进城困难吗？

我想到皇宫去找个人，行吗？”

老伯伯说：“本来很难，但这几天因为燕王攻打得紧，皇宫里乱糟糟的，逃的逃，躲的躲，所以想瞅个空子进去，不是没可能。这是我一个远房亲戚说的，她本来也在宫里当差，昨天跑出来了。”

小岚又问：“您认识进宫的路吗？可不可以给我们讲讲。”

老伯伯说：“行啊！那条路我熟着呢！这里没打仗的时候，我天天给宫里送柴火。我给你们画张图。”

老伯伯蹲在地上，用小石头在地上画着，把进宫路线详细地告诉了小岚。

小岚一边听一边点头。

老伯伯说：“那好了，我得走了，家里人还在等我拿柴回去烧饭呢！”

晓星一把扯住老伯伯，嗫嗫嚅嚅地问道：“伯伯，请问，您有吃的吗？”

三个人自从早上吃了一顿简单的早餐后，就没吃过别的了，此刻肚子在咕咕地提抗议。

老伯伯忙说：“有，有，你们早说啊！”

老伯伯解下身上一个小包袱，放在地上打开。啊，里面有十几个番薯呢！

“快吃，快吃！”老伯伯热情地说。

“谢谢伯伯！”晓星先抢了一个，说，“我看看明代的番薯会不会比21世纪的番薯甜！”

老伯伯笑着说：“也该你们有口福。本来我一个人不会带那么多干粮的，因为原先还有一个同村兄弟说好一块儿出来打柴，所以我女人特地让我多带点。谁知那兄弟怕遇见打仗，临时说不来了。”

晓星一边吃一边评论着说：“看来这明代的番薯跟21世纪的没什么变化，味道差不多。”

晓晴不顾仪态地把嘴巴塞得鼓鼓的，说话也变得含含糊糊：“才不是呢，我觉得不如现代番薯好吃。”

小岚也抓起一个番薯吃着，对他们的评说不置可否，只是说：“把嘴巴留着吃东西吧，有吃的还这么多话说！”

晓星拿起一个小的番薯，大声问老伯伯：“伯伯，我可以多拿一个吗？”

老伯伯笑着说：“可以啊！”

晓晴打了弟弟一下，说：“你真贪心，又吃又拿！”

“姐姐，你别冤枉人好吗！我要把这个番薯带回去给宾罗伯伯，他不是喜欢收藏文物吗？他见了这个六百多年前的番薯，一定很开心！”晓星把小番薯珍而重之地放进口袋里，又拿出一张十元纸币，“我给伯伯钱就

是了。”

小岚一把将钱夺过来，说：“笨蛋！这是明代，怎么会使用21世纪的钱呢！”

晓星挠挠头，说：“哎呀，我忘了！”

小岚取下头上一只珍珠发夹，递给伯伯，说：“谢谢您的番薯！就送这个发夹给您夫人，当是回赠吧！”

老伯伯忙摇头说：“不用不用，几个不值钱的番薯，我怎能收你这么厚的回赠呢！”

小岚硬把发夹塞到伯伯手里，然后拉着晓晴、晓星快步跑了。

“哎，几位别走！”老伯伯喊着追上来，但小岚他们早跑远了。

跑了一段路，看看老人没追上来，三个人呼哧呼哧地喘着气停了下来。

晓星掏出时光机说：“我们现在就回去吗？”

没想到小岚摇了摇头：“我要改变计划，我们得先去救一个人。”

晓星眨巴着眼睛：“啊，我们救谁呀？这里有谁是我们认识的？”

小岚说：“救皇帝！”

“救皇帝？！”晓晴、晓星异口同声地喊了起来。

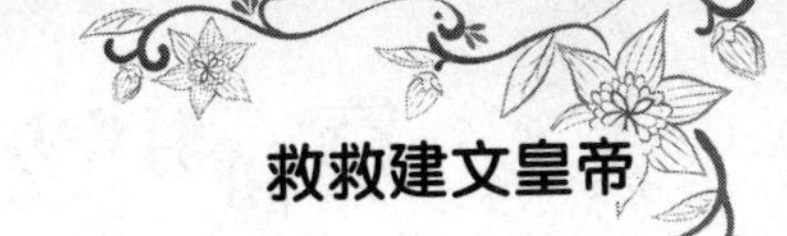

晓晴迷惘地看着小岚，晓星却两眼放光：“哇，救皇帝，好刺激啊！”

“之前仲元爸爸和赵敏妈妈研究明代文物，屋子里满是明朝文献，我也顺手拿了一本明史来看。我清清楚楚记得，那史书上说，1402年6月13日晚，燕王军队攻入皇城，建文皇帝朱允炆被困，最后死于宫中大火。我们得赶在宫中起火前，把他带出皇宫。”

晓晴一听说：“救人一命当然好，但是，我们手无缚鸡之力，能保护皇帝冲出重围吗？”

小岚神秘地说：“这个你倒不用担心。我在书上看到，朱允炆的爷爷，即老皇帝朱元璋已估计到燕王可能会造反，所以在龙椅下面挖了一条暗道，让孙子有难时可以从暗道逃走。可惜朱元璋临终时病到糊里糊涂，一直没能把这事告诉朱允炆。”

晓晴来了兴趣：“那我们赶快走吧！哇，那皇帝长得帅吗？看来我要有一段奇遇了，美少女救帅皇帝。哇！”

晓星却有点犹豫。晓晴拉他一把：“还愣什么，走呀！”

晓星说：“我早前看了一部外国片，里面有个情节，说是有个少女回到过去，无意中救了一个本来在车祸中丧生的少年，谁知少年长大后成了连环杀手。那少女改变了历史，让一些本来活得好好的人死掉了。”

晓晴撇撇嘴说：“废话！你担心建文帝日后会成为连环杀手吗？”

晓星显得忧心忡忡：“恐怕比连环杀手还恐怖。你们想想，这朱允炆皇帝做得好好的，却被别人抢了，他会甘心吗？他肯定会召集人马打回来的，那时又是没完没了的战事，一定会死很多很多人！”

小岚一拍晓星肩膀，笑道：“哇，我们的晓星真大有长进，会思考问题了！”

“那当然！”晓星受到表扬，得意极了。

“不过，我们总不能见死不救。而且，史书上讲，这朱允炆个性善良又淡泊名利。我想，他不会为抢回皇位而令生灵涂炭的。”小岚拍拍晓星脑袋，“走吧，要不来不及了。”

“走走走！”晓晴显得比小岚还要着急。

这边小岚和晓晴心急火燎地赶路，走着走着又不见了晓星。这家伙对什么都感兴趣，一会儿低头捡一块小石头，一会儿又踮起脚摘树上的树叶，嘴里还不停地嘀咕：“这个给宾罗伯伯，这个也给宾罗伯伯……”

晓晴生气地喊道：“喂，你老捡那些破玩意儿干什么？快走呀！”

晓星用手捂着衣袋，紧跑慢跑追了上来，他朝姐姐瞪了

一眼，不满地说：“这些才不是破玩意儿呢！六百多年前的石头和树叶，都是古董啊，我要带回去给宾罗伯伯呢！”

小岚瞧了一眼，见他口袋里又是番薯又是石头又是树叶的，真有点儿哭笑不得：“晓星，等一下进了城，那些六百多年前的房子都是古董呢？你抬一幢回去吧！”

晓星一听兴奋地说：“你提醒得对呀！小岚姐姐，我们可以把房子拆了，把砖头运回去再还原！”

“你……”小岚见晓星煞有介事的样子，真想用拳头揍扁他，“你再磨蹭，建文皇帝就葬身火海了！”

晓星扮了个鬼脸，加快了脚步。

路上开始见到拖儿带女、拿着大包小包行李的民众，他们和小岚他们逆向走着。他们全都神色慌张，像有谁在后面追赶似的。

小岚拉住一个婶婶，问道：“婶婶，你们为什么要逃走啊？”

那婶婶说：“小姑娘，你们也快逃吧！听说燕王的军队快打来了，城里的人都往外跑，生怕大军进了城，玉石俱焚。”

婶婶说完，急急地拖着一个小朋友，继续往前走。

小岚一把拉住婶婶，说：“其实你们不用逃的，史书说燕王进城之后，并没有骚扰百姓。虽然改朝换代了，百姓照

样过安乐日子。你们别自己吓唬自己。”

“史书说？史书是谁？他怎么知道燕王的军队不扰民？”婶婶狐疑地看了小岚一眼，“小姑娘，你还是赶快逃吧！晚了就来不及了。”

婶婶说完，抱起小朋友，急急地走了。

晓晴拉拉小岚，说：“你就别操心了，他们不会明白你的话的，我们早点去救皇帝吧！”

三个人在天黑前便进了城。这就是六百多年前的明朝京都啊！大街上乱糟糟的，大人们呼儿唤女，小孩子哭爹叫娘，所有人都只有一个目的，就是往城外逃。

小岚生气地跺着脚：“这些人，真是庸人自扰！”

难民潮令进城的三个孩子举步艰难，挤半天都走不了几步。

忽然，潮水般的人群又往回涌了。出了城的人纷纷折返，他们叫嚷着：“燕王进城了，燕王进城了，快找地方躲啊！”

人群大乱，小岚见情况危险，急忙拉着晓晴和晓星拐进了一条小巷。

但是，七拐八拐的，加上路上黑灯瞎火，他们迷路了。

小岚顿脚说：“糟了，找不到路，救不了建文皇帝了！”

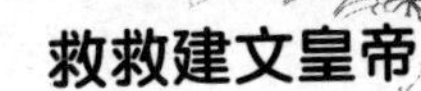

晓星突然指着前方说：“快看，那边有火光！”

果然，顺着晓星手指处望去，只见前面一片火光，光影处影影绰绰的，可以看到高高的城墙，还有造型优美的角楼。

“那里就是皇宫，快走！”小岚飞快地朝火光处跑去。

很多人从宫殿里跑了出来。小岚一把抓住个小太监：“请问，皇上在哪里？”

小太监挣脱手，说：“什么时候了，还管皇上！快逃吧！”

小岚急了，她大喝一声：“少废话，皇上在哪里？”

小太监吓了一跳，急忙指着他逃出来的地方，说：“他跟皇后在太极殿！”

小岚一看，太极殿里不断冒出浓烟，她不假思索，就要往里奔。

“别进去！危险！”晓晴一把拉住她。

小岚大力挣脱了：“朱允炆是个好人，我不能见死不救！”

小岚义无反顾地冲进宫殿，晓星见了，也跟着冲了进去。

“死脑筋，又何必替古人担忧！”晓晴急得抓耳挠腮，她一顿脚，“死就死吧！谁叫我们是好朋友！小岚，等等我！”

第3章
时光机不见了

太极殿里浓烟弥漫，小岚三人张望了好一会儿，也看不清宫殿里有些什么。

突然听到有人大喝一声："什么人，竟敢擅闯太极殿！"

三人吓了一跳，循声寻去，只见金碧辉煌的一张椅子上坐着一个人，他头戴金冠，身穿龙袍，脚蹬朝靴，一脸视死如归的神色。他大约二十多岁，细眉细眼的，长相不怎么样，但看上去挺敦厚。

晓星一见便喊道："你是朱允炆皇帝吗？"

建文皇帝身后有人大喊道："大胆！竟敢直呼皇上名讳！"

大家定睛细看，原来皇帝身后还站了三个人。一个是穿着凤冠霞帔的漂亮女子，看样子应是皇后。另外还有一个胖太监和一个瘦宫女，那几声吆喝都是从胖太监口中发出的。

晓星被胖太监吓了一大跳，心里很生气，不禁嘀咕说："我们来救你呢，还这么大架子。不管你，让你变烤猪……"

晓晴也挺不满的，在小岚耳边小声说："这个皇帝不大帅，又对晓星不客气，让他自生自灭算了……"

"别小家子气！救人一命，胜造七级浮屠。"小岚又对朱允炆说，"皇上息怒，请原谅他小孩子不懂规矩。"

龙椅上的朱允炆挥了挥手，说："下去吧！朕没怪他。其他人都跑光了，你们怎么还不走？"

小岚说："皇宫起火了，请皇上赶快离开这里。"

"难得你们在这个时候还牵挂着朕。"朱允炆一副欣慰的样子，"皇叔的军队已经把皇宫团团围住，朕插翅难飞了。就让朕在这里灰飞烟灭、以身殉国吧。"

"皇上，有办法的！"小岚说，"您坐的龙椅下面有一条暗道，可以通到外面……"

朱允炆惊愕地看着小岚："你究竟是谁，你怎么知道这龙椅下有暗道？"

小岚说："您别管我是谁，赶快挪开龙椅，看看有没有暗道，就知道我说的是真是假了。"

朱允炆半信半疑，他站了起来，叫太监和宫女过来，一起去拖开那张龙椅，但他们笨手笨脚的，挪了好一会儿也没法挪开龙椅。一直噘着嘴在生闷气的晓星看不过去了，他跑过去，没好气地说："笨手笨脚的，看我的。"

那几个人气喘吁吁的，也没力气去责怪晓星了，就退下

来站在一边。这时小岚和晓晴也走了过来，小岚说："我们喊一二三，就挪一下。"

于是，三个孩子拉住龙椅的一边扶手，一块儿喊"一、二、三"，一下，两下，三下，龙椅动了，朱允炆和胖太监见了，也走过来，跟着喊"一、二、三"，一块儿使劲。龙椅终于被拉开了。

龙椅底下是些大大的方形砖，晓星跑上去跳了几跳，发现那砖是活动的。

"哇！"晓星咋呼着，蹲下把砖一掀，下面竟露出了一条暗道。

所有人都发出了一声欢呼。

机灵的瘦宫女早找来了两套普通老百姓的衣服，让朱允炆和皇后换上，一切准备妥当，外面已传来燕王军队的呐喊声了。这时候，胖太监一下子跪在地上，哭着对朱允炆说："皇上，奴才在此跟皇上皇后告别了，请一路保重。"

瘦宫女也跟着跪下，哭着拜别皇帝皇后。

朱允炆大惊，说："什么？你们不跟朕一块儿走吗？"

胖太监说："皇上，事态紧急，来不及跟您解释了，您和皇后快走吧！"

胖太监不等朱允炆再说话，就扶他下了暗道，接着又扶着皇后，让她也下去了。然后，他向小岚作了深深一揖，

说："小姑娘，你救了皇上，大恩大德来生再报。你们三位也请赶快走吧！"

小岚看见胖太监和瘦宫女悲壮的神情，已把他们留下的目的猜了个大概。她轻轻叹了口气，说了声"保重"就下了暗道。

暗道里黑得伸手不见五指，大家又都忘了带照明的东西，只好磕磕碰碰地走着。朱允炆和皇后都是养尊处优的人，哪受过这样的苦，走不多久就气喘吁吁了，还得几个孩子去照顾他们。他们走一会儿就要休息一会儿，所以前进得十分缓慢。一行人在黑暗的暗道里摸摸索索，不知走了多长时间，终于眼前豁然一亮，走出暗道了！

看看外面，东方已露出鱼肚白，原来他们足足走了一夜！

大家正在高兴，忽听得背后"轰隆"一声，回头一看，那暗道已被塌下的土石彻底掩埋了。

众人吓了一跳之余，又都暗自赞叹修建暗道的人深谋远虑，彻底毁灭了建文皇帝逃走的踪迹。晓星则兴奋地围着那大堆塌方跑来跑去，嘴里嘀咕着："真神奇！这暗道是怎样感应到我们已经跑出来了呢？"

朱允炆情不自禁地朝塌方作了个揖，嘴里喃喃着，像在感谢什么。

小岚说："好了，皇上，您现在安全了。您最好走远点，从此隐姓埋名，和皇后好好过日子。"

朱允炆感激地看着小岚，说："多谢姑娘鼎力相救，朱允炆没齿难忘。"

他又狐疑地问："我想请问一下，姑娘怎么知道我龙椅下面有条暗道呢？"

小岚调皮地眨眨眼睛，说："我能知过去未来呢！"

没想到朱允炆还当真了，他慌忙跪下，说："啊，原来是神仙姐姐啊！多谢神仙姐姐搭救之恩。"

皇后也跟着跪下谢恩。

小岚慌忙扶起他们，说："不必言谢。因为您是个好皇帝，我才救您的。"

朱允炆又说："请问神仙，今后朱家天下稳固否？"

小岚笑着说："放心吧！燕王虽然篡位有罪，但他日后倒是把国家治理得不错。朱家皇朝一直到1644年才结束统治。"

朱允炆点点头，说："那我就放心了！其实我也知道我四叔比我强，他来当皇帝还真比我合适。"

小岚见朱允炆如此豁达，心里暗想自己没有救错人。要是救了个不甘心失败的，非要招兵买马夺回江山，那国家就要生灵涂炭了。

当下朱允炆与小岚、晓晴和晓星一一道别，然后潇洒地一拂袖子，和皇后离去了。

晓晴看着他们走远，悻悻地说："还以为可以认识一个风流倜傥的皇帝呢。谁知道，这朱允炆既不风流，也不帅，还是个流亡皇帝！"

小岚捶了她一拳，说："周晓晴，做人别那么功利好不好！"

"是呀，姐姐，别那么功利好不好！"晓星附和说，他又问小岚，"小岚姐姐，我不明白，既然我们回到六百多年前救了建文皇帝，那就应该没有建文皇帝在大火中被烧死的事了，但为什么历史书上还写着他和皇后死于宫中大火呢？"

"一定有原因的。"小岚说完，又对晓星说，"把时光机拿出来吧，我们得回家了。我还得赶回去演出呢！"

晓晴也说："对对对，快回去吧！我也不想在这鬼地方多待了，要是燕王从那太监和宫女口中知道我们救了建文皇帝，说不定会马上派杀手追杀我们呢！"

晓星从口袋里掏时光机。他突然惊叫起来。

"怎么啦？"小岚和晓晴被他吓了一跳，急忙问。

"时光机呢？时光机不见了！"晓星有点慌张。

"什么？又不见了！"晓晴喊了起来。

小岚向来遇事镇定，但这回也急了：“口袋里都找遍了吗？”

晓星把衣服口袋全掏了一遍：“没有，真的没有！”

晓晴气急败坏地嚷道：“你想想，最后一次见到时光机是在什么时候？”

晓星想了想：“离开砍柴老伯伯之后，我拿出来准备启动，后来小岚姐姐说要去救皇帝，我又放回口袋了。之后便没有拿出来过。”

晓晴说：“我的妈呀，那可能掉落的范围就大了，怎么找？天哪，我们回不去了！”晓晴嘴一扁，竟呜呜地哭了起来。

每当有困难时，小岚都是他们的主心骨，她说：“哭有什么用？还是积极点好。赶紧去找吧，也许能找到呢！”

三个人心急火燎地跑回上次和老伯伯分手的地方，又沿着进城时走过的路，仔细地找呀找，结果又回到城里去了。

看来燕王大军进城并没有造成什么影响，街上的许多店铺都重新开张了，不时见到有人拖儿带女的回家。三个孩子顾不上去观赏六百多年前的市容，都只顾低着头在地上寻找失落的时光机，还不时拉住路人，问他们有没有见到一个手掌心大小的、四四方方的、黑得发亮的小盒子，但听者都是困惑地摇着头。

沿着昨晚走过的路，一路找着，前面不远处已是皇宫所在地，但他们无法再前进了。昨日敞开的宫门，已经有重兵把守着，任何闲杂人等，均不得进入。

晓晴一屁股坐在地上，哭丧着脸："惨了，我们得留在这里，做明朝子民了。"

第4章
寻人启事

人来人往的大街上，三个孩子呆立着，不知何去何从。

“既来之，则安之。再想办法吧！我也想考察一下明代风物呢！以后读大学写毕业论文，就用这个材料，叫《试论明代之风土民情》？不错，不错。”小岚装出满不在乎的样子，但其实她心里也挺忐忑的，要是真回不去怎么办。

“都是你！”晓晴敲了弟弟一下脑袋，大发脾气，“都是你！这么重要的东西都不保管好。要是真的回不去，我跟你没完！”

晓星摸摸脑袋，嘟着嘴说：“我也不是故意的，你怎么这么凶。”

小岚瞪了晓晴一眼，说：“好啦好啦，你骂他也没用，还是先想想怎么解决温饱问题吧！”

小岚这么一说，倒提醒了晓晴、晓星，他们顿时觉得饥肠辘辘。自从昨天吃了老伯伯的番薯之后，他们就再没有吃过东西。

不知哪里飘来一阵包子的香气，晓星抽了抽鼻子，寻找去了。小岚和晓晴赶紧跟在他后面。

晓星找到卖包子的摊位，卖包子的婶婶忙掀开盖子，说：“又香又好吃的肉包子，要买吗？”

晓星掏出身上一张十元纸币，说：“婶婶，这是十元，可以给三个包子吗？”

“这是什么？”婶婶拿过纸币，皱着眉头看了看，生气地说，“你这孩子，想来骗吃的吗？这张小画片，竟然想换我三个包子。”

晓星说：“这是钱呢！是六百多年后的钱，是古董。不，旧时的东西叫古董，将来的东西，叫……对，应该叫潮品。这潮品你可以当成传家宝，留给子孙后代用……”

“去去去！什么潮品？没时间听你胡言乱语！”婶婶把纸币往晓星手里一塞，“你快走，别妨碍我做生意。”

身后有人哈哈大笑。他一转身，是小岚和晓晴呢！小岚笑得捂着肚子：“哈哈哈，真新奇，潮品？！亏你想得出！”

本来一肚子气的晓星，见两个姐姐笑得这么开心，也跟着傻笑起来。三人前仰后合地笑了好一会儿，才停了下来。

晓星摸摸肚子，疑惑地说：“咦，笑一笑，肚子好像没之前那么饿了。人们常说，笑饱了，难道笑真的可以饱？来，我们再笑一会儿。”

“小傻瓜，走吧！”小岚拉拉他，又招呼晓晴，“天下事难不倒马小岚，我们找吃的去。”

晓星一听有吃的就开心："小岚姐姐，你有办法？"

小岚说："你没听说过吗？不劳动者不得食，反之，就是有劳动者可得食。我们去找工作，挣钱，不就有吃的了。"

"对对对！"晓星眉飞色舞地说，"我们挣钱买吃的。"

三个人一路走着，开始时，大家还蛮有兴趣地四处瞧，看看这六百多年前的街道市容。一切都似曾相识，大概是他们古装片看多了。晓星走着走着掉了队，他看着几只跳上跳下的小狗，眼睛发亮："你们看，六百多年前的古董狗啊！喂，小狗，小狗，我是六百多年后的晓星！"

小岚回过身，一把拉着他："别惹它们！要是让它们咬一口，你就得跟它们一起蹲在街上汪汪叫了！"

晓星吓得赶忙绕路走。

路上见到店铺，他们就进去问问要不要请小工，但那些老板好像同一个老师教出来的，说的话都一个样："去去去，不请，不请！"

肚子本来就饿，加上又走了那么多的路，碰了那么多的壁，三个人很快就像泄了气的皮球。见路边有棵大树，晓晴就带头，晓星跟着，小岚随后，三人一屁股坐下靠着大树，不想动了。

"死晓星，坏晓星，什么地方不好去，偏偏带我们来到这六百多年前的明代。钱不能用，信用卡不能刷，工作找不

到，我们该怎么办呀？”晓晴说话带着哭腔。

晓星刚要辩解，这时候有人走近，往树上贴东西，他便住了嘴。

那人离开后，晓星伸长脖子瞧了瞧：“是寻人启事呢！啊！”他突然跳了起来，两眼直瞪瞪地看着那张启事。

“又有什么事了！”小岚和晓晴都让他吓了一大跳，心想该不是又有麻烦事了吧。

“那、那、那……”晓星满脸惊愕，他用手指着启事上的人像，结结巴巴，竟讲不出话来。

“什么事？见鬼了？”晓晴爬起身，去看启事。

“这、这、这……”晓晴马上目瞪口呆，竟像晓星一样，也结结巴巴地叫着。

“你们这两姐弟怎么啦？树上贴的是符咒吗？”小岚莫名其妙的，便也站了起来，想看看究竟是什么令这姐弟俩变得神经兮兮的。

她马上也愣住了。她看着启事上的人像，竟也像晓星、晓晴一样张口结舌。

原来，那寻人启事上画着的女孩，竟长得跟她几乎一模一样！

好一会儿，三个人才回过神来，三个脑袋凑在一起，急急地读着启事内容。原来是靖王府贴出来的，说是寻找失踪多年的

女儿，还说有提供消息者，重重有赏。

晓星把小岚前前后后、上上下下地打量着，大声说：“小岚姐姐，你千方百计寻找的身世秘密终于揭晓了，原来你是靖王的女儿！”

小岚说：“去你的！这只不过是相像而已。我怎么会是六百多年前的人呢？我能活到21世纪的话，那岂不成了老妖怪了！”

晓星点点头：“那也对！横看竖看，小岚姐姐也不像有六百多岁。”

一直没吭声的晓晴突然开了腔，她说：“我倒有个主意。不如小岚真的去靖王府相认，小岚要是成了王府郡主，那我们就都有地方落脚了，不用挨饿了。”

小岚哼了一声：“你少出馊主意，我可不想骗人！”

晓晴一听，一屁股坐到地上，放声大哭，一边哭一边说：“小岚你好狠心啊！好吧，就让我们在这里露宿街头，冻死、饿死、枉死好了！”

马上有好事者围了上来，看看这三个少年男女出什么事了。忽然，有人指着小岚，喊了起来：“咦，这不是寻人启事上的女孩吗？”

众人的眼光“唰”一下全落到了小岚脸上。

“是，是她！”

“快报告靖王府，有赏钱呢！”

小岚一见不对头，一手拉起晓晴，一手扯着晓星，就想走。

谁知道，那帮人不肯放过她，把他们团团围住了。一帮人拉拉扯扯、吵吵嚷嚷的，一直走到了靖王府门口。

几个守门的家丁，见一帮人闹哄哄地走来，忙喝道："什么人，敢在靖王府门口闹事！"

一帮人异口同声说："大爷，我们是看了寻人启事，把郡主送回来的！"

领头的家丁走下台阶，拨开人群，走到小岚面前。他拿出寻人启事，看一眼小岚，又看一眼启事上的画像，然后慌忙跪下："小人王五向郡主请安！请郡主跟小人去见王爷。"

小岚顿足说："我不是什么郡主，你们放过我吧！"说完，就要冲出重围。

王五说："郡主，您就别难为小人了。要是王爷知道我放走郡主，会杀了我的。"

围观的人也说："是呀，郡主，你就别让我们到手的赏钱飞了。那可是一大笔钱啊，就是让我们这一大帮人平均分，都可以吃一个月呢！"

小岚正不知如何是好，不提防被晓晴一拉，把她扯进了靖王府。

"等等我！"晓星慌忙跟了进去。

大门在他们身后关上了。

第5章 小岚的疑惑

眼前是一个足球场般大小的四方院落，再向前看，一座气派非凡的殿宇矗立眼前。只见殿顶铺设着绿色琉璃瓦，飞檐之下彩绘金龙。小岚因为父母都是考古工作者，耳濡目染，她对古代文化也颇有了解。她知道绿色琉璃瓦在古建筑中十分少见，其尊贵程度仅次于皇宫所用的金色琉璃瓦，可见靖王府在朝廷地位超然。

三个孩子正呆看着，听到王五亮开嗓子，喊道："郡主找到了！"

话音刚落，里面就有人接着喊："郡主找到了！"

就这样，一声声，找到郡主的讯息被传到王府深处。

"请吧，郡主。"王五俯着身子，对小岚说。

真是箭在弦上，不得不发了，小岚只好硬着头皮跟着王五走。穿过四方院落，又在一条九曲回廊上拐来拐去，这时，突然听到一阵急促的脚步声，随着声音越来越近，走出一个身穿王爷服饰的少年。他年纪比小岚略大，看上去十七八岁左右，举手投足显出非凡气派。

他边走边喊："我妹妹在哪里？妹妹！"

王五一见少年，慌忙下跪："王五拜见小王爷。"

少年没理会王五，他看看晓晴，又看看小岚，然后盯着小岚说："妹妹！是你吗？我是楚阳，是你哥哥！"

他紧走几步，一把拉住小岚的手："是你，我一眼就看出来了，你长得太像母亲了。"

小岚愣愣地看着他，不知说什么好。

"谢谢你，妹妹，谢谢你回来！自从前几年父亲去世后，母亲就开始寻找你，没想到，还真找到了！"他一双明亮的眼睛涌出了泪花。

小岚心里涌出一股感动，她不由对这位小王爷有了好感。

楚阳拉起小岚就走："我们赶快去慈云阁见母亲！"

"我们也去！"晓星拉着晓晴紧跟着小岚。

楚阳忙问："请问这两位是……"

小岚说："他们是晓晴、晓星姐弟，我们三个人好得像兄弟姐妹一样。"

"妹妹漂泊在外，幸亏有你们两位陪伴。"楚阳含笑朝晓晴、晓星点头，"妹妹的兄弟姐妹，也是我的兄弟姐妹。晓晴、晓星，欢迎来到靖王府！"

晓星毫不客气地说："谢谢王爷哥哥！"

晓晴则羞答答地回答："多谢小王爷。"

楚阳带着三人前往靖王妃住的慈云阁，远远地就看见一位中年女子站在门口，楚阳一见，马上跑过去扶她："母亲，您怎么出来了？这里风大。"

女子没理会他，只是把脸转向小岚，四目相会，大家都愣住了。

小岚大张着嘴巴，天哪，这是怎么回事，眼前这位女子，怎么跟自己这么像，除了比自己个子高一点，年纪大一点……难道她跟自己真有什么关系？

"女儿！真是你！"靖王妃眼泪如断线珍珠般滚了下来，她向小岚伸出双手。

小岚犹豫了一下，迎了上去。

靖王妃把小岚抱得紧紧的，失声痛哭。靖王妃的哭声震动着小岚的心弦，她有点不知所措。毕竟靖王妃对她来说，只是一位第一次见面的人。

但靖王妃好像已经认定了小岚就是自己的女儿，从那一刻起，她的眼睛和手就没离开过小岚。

靖王妃牵着小岚的手，把她一直带进屋里，两人面对面坐了下来。靖王妃用颤抖的手抚摸着小岚的脸，嘴里念叨着："女儿，真是你，母亲不是在做梦吧？！"

楚阳知道母亲和妹妹一定有很多话说，便拉着晓晴和晓星，悄悄离开了。

好一会儿，靖王妃才稍微冷静下来，她大概觉得自己光凭外貌相像就把小岚认作女儿，未免有点唐突，就问道："能说说你的经历吗？"

小岚如实答道："我刚出生就被遗弃在一处江边，是赵敏妈妈和马仲元爸爸把我抱养了。"

"对，对，你就是刚出生就失踪了的。"靖王妃又问，"那你养父母见到你的时候，你身上有什么信物之类的东西吗？"

"信物？"小岚马上说，"有啊，是一条项链。"

靖王妃一听急忙问："项链？可以给我看看吗？"

"当然可以！"小岚马上把戴在脖子上的项链扯出来，"就是这条有着月亮坠子的项链。"

靖王妃一见那条项链，马上大喊一声，激动得差点昏过去，吓得小岚忙扶住她。

"女儿，你知道吗？这项链就是你出生后，娘挂在你脖子上的。没想到，它一直伴随着你！"靖王妃泪水直流。

小岚一听也呆了，心里着实疑惑：靖王妃的女儿是六百多年前失踪的，而自己是仲元爸爸和赵敏妈妈在1992年9月收养的，绝对没可能是同一个人。但靖王妃女儿的项链怎么会挂在自己脖子上，这事实在奇怪啊！

这时，靖王妃问道："可怜的孩子，这些年你一个人是

怎样过来的？”

小岚老老实实地说：“我并不是一个人，我被一对善良的夫妻收养了。养父母对我很好，我不但没有受苦，还一直过得很开心。”

靖王妃喜极而泣，她双手合十，拜谢上苍：“啊，感谢老天爷，感谢您让我女儿碰上好人！谢谢，谢谢！”

她又对小岚说：“你养父母待你恩重如山，你不能忘了他们。我马上吩咐人去把他们接来，让他们也在这里住，共享荣华富贵。”

小岚一听急了，心想，养父母他们生活在六百多年后，怎么接来。她马上说：“以后再说吧！我养父母如闲云野鹤，喜欢到处游历，探寻天下奇珍。他们现在都不在家，远游去了。”

靖王妃说：“既然这样，那就等他们回来，再去接他们好了。女儿，娘亏欠你很多很多，我一定会补偿的。”

“我……”小岚不知如何回答，这补偿是属于另一个女孩的呀！

“女儿，你一定很恨娘吧？恨我十多年来没有照顾你。是我不好，是我的罪过，我是不配得到你原谅的！”靖王妃竟大哭起来。

“不！”小岚见靖王妃哭得这样伤心，心里很是不

忍，便急忙说，“我没有怪您，这不是您的错！您别再难过了。”

靖王妃一听，眼泪又像断线的珠子般落下：“感谢天，感谢地，给我送回来这么一个孝顺的善解人意的好女儿，娘此生无憾了！”

小岚看着靖王妃满脸的泪，心里有一种深深的感动。虽然，她还不知道自己跟这靖王府有什么关系，但她心里已有打算，只要自己在明代一天，就要做好靖王妃的女儿，让这位美丽温柔的阿姨不再流泪。

“好女儿，娘忘了问你，你叫什么名字？”靖王妃突然想起一件事。

小岚说：“我养父母给我起名小岚。”

“小岚，小岚，多好听的名字！”靖王妃说着，摸摸小岚穿的衣服，说，“女儿呀，看你身上衣服都脏了，我让人来替你沐浴更衣。”

她扭头朝门外喊了一声：“冬雪！”

一个长得很秀气的侍女进来了，躬身问道：“请问王妃有什么吩咐？”

“你快来拜见小岚郡主，她是我失踪多年的女儿。”

“恭喜王妃！欢迎小岚郡主归来！向小岚郡主请安！”冬雪很机灵地朝两人行礼。

靖王妃对小岚说："冬雪是我的贴身侍女，你以后有什么需要，尽管吩咐她就是。"

"好的，谢谢！"小岚点头说。

靖王妃又吩咐冬雪："你把春花、秋菊、夏草，还有文竹、柳叶，都叫进来。"

一行五个侍女悄然无声地走进来，向王妃行礼。

靖王妃说："你们听着，这是小岚郡主！春花、秋菊、夏草，你们三个以后就负责侍候小岚郡主。冬雪，你现在马上带着她们做几件事。第一，带小岚沐浴更衣，洗澡水里多放点香料，要玫瑰花香的；第二，叫人马上把含芳阁收拾干净，让郡主住下；第三，叫刘裁缝来这里，我要他替郡主量身做衣服；第四，吩咐厨房，尽快送一桌晚饭到飘香厅，郡主一定饿了，记住，全用上好的材料，鲍鱼和燕窝用上次接待皇上用剩的那些，蔬菜要新鲜摘下的……文竹、柳叶，你们去照顾那两位和郡主一起来的小客人……"

一个小时之后，小岚和晓星、晓晴在飘香厅见面了。晓晴和晓星已换上了干净衣服，由楚阳陪同，坐着说话。三人一见小岚，都大张着嘴，不会说话了。小岚先前穿的，只是向剧团借的道具衣服，怎比得靖王妃替她这身打扮。只见她身穿淡绿色阔袖羽纱衣，深绿色的百褶仙女

裙，发上插了支碧玉钗，一头长发（当然还是那个道具假发）用丝带束起，松松地垂在脑后。小岚穿着简约、雅致，却绝对美丽。

晓星首先喊起来："小岚姐姐，你真像森林小仙女啊！"

楚阳也眉开眼笑："感谢上天，赐给我这么一个如花似玉的妹妹！"

晓晴也羡慕地说："王妃阿姨，什么时候您也替我打扮打扮！"

小岚只是浅浅一笑。她的确是美少女一名，多年来，这样的赞美她已经听到耳朵起茧了。倒是靖王妃开心得不得了，搂着小岚笑得合不拢嘴。

晚饭吃了两个时辰，小岚三人饿了一天，把一桌子丰盛酒菜吃个干干净净，靖王妃毫不责怪他们的吃相，只顾笑眯眯地给他们搛菜。

也许是昨夜为了救建文皇帝一夜没睡，吃完饭后，三个孩子都像被瞌睡虫叮上了一样，一个接一个地打起哈欠来。体贴入微的靖王妃急忙叫侍女侍候他们回房休息。

三个侍女服侍小岚躺下，便熄了蜡烛，悄然离去了。

小岚躺在床上，不知怎么却睡不着。这几天发生的事太玄了，先是从21世纪回到了六百多年前，掉在战场上差点被马踩死，接着差点饿死街头，谁知却来了个一百八十度逆

转，成了靖王府尊贵的郡主，经历真比奇幻小说还要令人咋舌……

小岚正想着，突然听到门口有动静，紧接着看见一高一矮两个身影鬼鬼祟祟地走了进来。

“什么人？！”小岚急忙坐起来，随手拿起一个枕头，向黑影掷去。

“哎哟！”枕头正中矮个子身上，他叫了起来。

竟然是晓星的声音。

小岚当然也知道高一点的人是谁了。她哼了一声，说：“原来是你们！我还以为明代盛产色狼呢，第一晚就来光顾。”

晓星一屁股坐到小岚床的上，还直往小岚身上靠：“刚才我们一直没机会单独说话，有些话留在心里憋得慌，来聊几句。”

晓晴也爬上了小岚的床，还趁势一倒头睡了下去，拿小岚的腿当枕头。小岚说：“喂喂喂，知道现在是什么年代吗？我们两女一男挤在一张床上，小心让人见了抓去浸猪笼。”

晓星笑嘻嘻地说：“谁敢说小岚郡主的闲话，靖王妃不砍他脑袋才怪呢！”

晓晴说：“小岚，你的命可真好啊！怎么来到六百多

年前，也可以捞个郡主当当！还有一个这么疼爱你的王妃娘亲。”

晓星说：“小岚姐姐命好，我们命也好。你们看，刚刚还山穷水尽，要饿死街头，现在好了，我们都成了靖王府的座上客，吃好的，穿好的，住好的！明天，我还想玩好的，先玩尽王府，再玩尽皇宫，嘻嘻！”

小岚没好气地说：“看你们那心安理得的样儿，别忘了，我们现在是假冒人家的女儿……”

“这事可怪不得我们，是那帮百姓想讨赏钱，硬把你拽来的。偏偏那王妃马上就认定你是她的女儿。”晓晴说着，又眨巴着眼睛，有点困惑地说，“不过也真怪，小岚怎么长得跟王妃那么像呢？依我看，你即使不是她女儿，也跟她有点渊源。”

“对对对，说不定我这次误打误撞来到明代，却帮小岚姐姐找到了身世秘密呢！”晓星眼睛骨碌碌地转着，“要是可以验DNA就好了，你们的关系马上一清二楚。”

“即使小岚跟王妃一点关系都没有，我们也没做错什么。你们看，那原先病歪歪的王妃，一见到小岚，就马上变得神采奕奕了。我们是……互惠互利！”晓晴很得意，她接着神神秘秘地说，“小岚，我刚才向柳叶打听过了，靖王爷原来是朱元璋的二儿子呢！靖王爷两年前去世，现在由独生

儿子楚阳继承王位。听说靖王跟燕王一向感情最深厚，靖王妃也是燕王青梅竹马的好朋友呢！所以，现在燕王做了皇帝，靖王府就更地位超然了。”

小岚一脸错愕：“才来了半天，你就知道这么多了。我看你别叫晓晴，叫‘包打听’好了。”

晓晴说：“什么呀！知己知彼，百战百胜。我是为你好，你想想，靖王府得势，你这个郡主也跟着显赫呢！我们做朋友的，也好沾点光呀！”

小岚没好气地说：“看，狐狸尾巴露出来了，真势利！”

晓晴说：“这不叫势利，叫实际。你想想看，要是我们真的回不去21世纪，要一世留在这里的话，我也想生活得好些，将来嫁个好老公，捞个一品夫人什么的当当……”

晓星说：“我不想当一品夫人，我想做大将军，或者像郑和那样也行，做个大官，下西洋……”

小岚跳下床，把晓晴和晓星从床上“拎”起来，就往门外推：“去去去，快回房间做你们的大头梦吧，我可要睡觉了！”

第6章
有个郡主跌落水

吃完一顿美味的早餐后，晓星就嚷嚷说：“我想去划船！”

昨天进王府时，他就留意到了王府里有一个很大的人工湖，湖边还停泊着好几条小船。

“不！太危险！”靖王妃马上反对，她又转过脸对小岚说，“小岚，你不会赞成去划船的，是吧？”

哈，这靖王妃还把小岚当成乖小兔呢！

小岚显得比晓星更来劲：“划船？好啊！我好久没划船了，手正痒呢！”

“这……”靖王妃有点措手不及，她着急地说，“好女儿，划船这么危险，万一掉到水里……”

晓星有小岚支持，分外得意，他对靖王妃说：“王妃阿姨，您别担心，小岚姐姐很会游泳，她在学校还得过游泳冠军呢！对了，你们称第一名为状元，那她应该是得过游泳状元。”

“一个女孩去游泳？还是状元？！”靖王妃大吃一惊。

“娘，您有所不知，小岚妹妹小时候住的香港，是一个‘潮爆’的地方，那里男女地位平等，男孩子能干的事，女

孩子也能。”楚阳对母亲说。他昨天跟晓晴和晓星聊了一会儿，知道了很多新鲜事。

“潮……爆？”靖王妃有点困惑。

“哦，这是我跟晓星学的新名词，就是最先进、最现代的意思。”

“先进、现代？”靖王妃又惊又喜。原来女儿在“潮爆”的地方长大，怪不得她那么能干，小小年纪竟能带着两个小朋友，不远万里来到皇城。

靖王妃见小岚执意要去划船，也不再反对。靖王妃一点头，四个少年男女就马上朝湖边奔去了。晓星边跑还边喊着：“冲啊！”

“走慢点！”靖王妃急忙喊道。但没有人回应，他们早跑远了。

靖王妃摇摇头，叹口气，便吩咐一旁的王五：“赶快找十个家丁，保护王爷和郡主，还有两个小客人的安全。另外给我找一顶竹轿……”

待靖王妃走至湖边时，四个人已分别坐到两条小船上去了。晓晴争着要和楚阳王爷一起坐，小岚就跟晓星坐另一条船。

晓星大声嚷嚷着：“楚阳哥哥，我们比赛好不好？谁先划到对面，谁就是第一名。”

楚阳好久没划船了。自从父亲去世，自己承袭了王位之后，母亲就要求自己行有行相，坐有坐相，划船这被视为有失体统的事儿，就更不让摸了。难得这妹妹一回来，母亲格外开恩，可以疯上一回。他兴奋地亮开嗓子，说："比就比，难道怕你不成！晓晴，我们一起使劲，一定要超过他们！"

"我……"晓晴好不容易才有机会和楚阳独处，本想和他慢慢摇着双桨，泛舟湖上，浪漫一番，没想到被晓星破坏了。但她又不好发脾气，只好含含糊糊地答应了。

"一、二、三！划！"

两条小船同时起步，但很快小岚和晓星就领先了。楚阳倒是挺卖力的，只是晓晴要顾仪态，拖慢了速度。

晓星见自己领先，十分兴奋，他一边划一边大声喊着号子："小岚姐呀，加油！小岚姐呀，加油！"

他这一喊呀，反而乱了节奏，竟被楚阳的船追了上来。

"你跟我喊！"小岚大声喊了起来，"一二，加油！一二，加油！"

两人一起使劲，果然，他们的船又超前了。

两条船你追我赶的，笑声、喊叫声震翻天。这边乐坏了几个少年男女，那边却忙坏了王府家丁。十个精壮家丁沿着湖边追赶小船，生怕他们有什么闪失。家丁后面还跟着一队人，簇拥着坐在竹轿上的靖王妃。

靖王府里的人哪见过这场面，一个个跑出来看热闹，一时间，向来静悄悄的王府，变得沸沸扬扬。

比赛的最后结果，是小岚和晓星大获全胜，比楚阳他们的船早了十几个船位到达终点。两岸围观的家丁侍女，禁不住鼓掌欢呼起来。一路跟随的靖王妃见了，也情不自禁点头微笑，心想小岚这女孩儿，可真是了不起啊！

没想到这时却出了状况。晓星太得意了，在船上站起来向围观者挥手致意，船一下子失了重心，往旁边一侧，竟翻了。小岚猝不及防，被抛下了湖中。

一片惊叫声。十个家丁“扑通扑通”全跳下了水。

“小岚！”靖王妃惊叫了一声，竟往后一倒，昏过去了。

“王妃，您醒醒！”马上引起一片惊叫。

正如晓星所说，小岚其实游泳技术了得，她在水里往上一蹬，很快就游到岸边了。她爬上岸，见家丁们还在水里瞎摸，不由得意地朝他们喊道：“喂，我在这儿！”

忽然，她眼角瞟到人们围着靖王妃，好像发生什么事了，她忙跑了过去。当她看到昏迷中的靖王妃时，呆住了。冬雪哭着说：“郡主，王妃看见您掉下水，一急，就昏过去了。”

小岚看着脸色苍白、双目紧闭的靖王妃，不由大叫一声：“娘！娘！”

这一声喊叫，竟令靖王妃醒来了。她一睁眼看见小岚，就挣扎着抬起手，摸着小岚的脸、肩膀、手："女儿，你没事吧？有没有淹着？你吓死娘了！"

这时候，大夫气喘吁吁地赶来了，他看了看靖王妃，又看了看浑身湿透的小岚，大概在衡量哪个更急需救治。靖王妃喊了一声："还愣什么，快给郡主诊治！"

小岚的泪"哗"一声流了出来："娘，小岚没事！大夫，你快看看我娘……"

一场"落水事件"总算有惊无险，靖王妃除了觉得疲倦之外身体并无大碍。大夫替小岚把过脉，也觉得她身体并没受落水影响，健康得很。靖王妃坚持叫来了一顶竹轿，让人把小岚抬回含芳阁，不管小岚怎样推辞都不行。靖王妃还想亲自送小岚回去，但小岚坚决不让，她执意请楚阳把母亲先送回慈云阁去了。

小岚回到含芳阁，洗换停当，又喝了靖王妃命人送来的一大碗姜汤，觉得很舒服。当她潇潇洒洒地走进客厅，见到晓晴和晓星已坐在那里等候了。

"小岚姐姐，你真的没事了吧！"晓星赶紧上前，像个做了错事的小学生般，低头说，"小岚姐姐，你打我吧，骂我吧！是我闯的祸，是我提出要去划船，是我得意忘形令船侧翻，连累你掉下湖，还把王妃阿姨吓昏了！"

小岚露出一副凶样，举起手作状往下劈，吓得晓星把脖子一缩，小岚半空中收住手，说："见你主动请罪，就饶你一命吧！"

晓星早料到小岚不会罚他，便马上收起那副可怜相，笑嘻嘻地说："谢谢郡主不杀之恩！"

"哼，先别高兴，我先把这顿揍替你存着，以后再闯祸，一起算账。"小岚瞪了晓星一眼，又说，"小坏蛋，王妃对我这么好，我却连累她昏倒，你要陷我于不义吗！"

"楚阳王爷对你也很好呢！你掉进水里的时候，他是第一个下水去救你的。"晓晴向往地说，"早知道我也掉下水，让小王爷来救！"

"得了你！小心弄假成真，成了湖中水鬼，要让阎王爷来救。"小岚揶揄说。

"姐姐，你为什么要故意掉下水让楚阳哥哥救你？"晓星不解地问，稍一想又大声嚷嚷起来，"我明白了，你一定是喜欢楚阳哥哥，想让他英雄救美，然后像故事里讲的，英雄救美，之后恋爱，再之后做楚阳王爷的王妃。姐姐你好狡猾！"

"是又怎么样！小坏蛋，就你多嘴八卦！"晓晴朝晓星撇撇嘴。

小岚见楚阳不在，便问："小王爷呢？"

晓星说："宫里来人，把他叫去了。好像说是新皇上召见他。"

"这新皇上怎么就不召见我们？"晓晴说，"不知道这朱棣长得帅不帅。"

小岚揶揄说："怎么，又见异思迁了？你不是很想当我嫂嫂吗？朱棣帅也轮不到你，他早有许多妃子了，说不定你只能做他的第十或者十一、十二妃子……"

晓晴急了："谁说我见异思迁了？我心里只有楚阳小王爷一个！"

晓星说："那好吧，等会儿我见到楚阳哥哥，我跟他说你喜欢他。"

"你敢！"晓晴急了，她一下站了起来，"看我不敲你脑袋！"

晓星吓得转身就逃，晓晴追了出去："你给我发誓，不会告诉楚阳王爷！"

这时候，有人从门外进来，晓晴收不住脚，撞个正着，抬头一看，竟是楚阳小王爷！

晓晴顺势往楚阳身上一靠，装作跌倒。楚阳一把扶住她。

"楚阳小王爷，不好意思。"晓晴低下头，羞答答的。

楚阳笑着说："我好像听到晓星说，有什么要告诉我。"

晓星说："是呀是呀！我姐姐说……"

晓晴抢在他说出口之前，一把捂住他的嘴。

楚阳莫名其妙地看着这两姐弟，笑说：“你们在玩什么？”

小岚笑道：“别管他们。他们患了过度活跃症。”

楚阳说：“过度活跃症？哈哈，有意思！”

小岚问：“哥哥，宫中情况怎样。”

楚阳说：“四叔这次回来，因为已明令军队不准抢掠破坏，不准扰民害民，所以总算没有造成大的伤害。皇宫被烧毁了小部分，但情况还不算太糟。”

小岚问了一个她一直好想知道的问题：“有建文皇帝的下落吗？”

“唉！”楚阳叹了口气，“皇兄真惨，才做了几年皇帝，就落得如此下场。”

晓星抢着问：“他怎么啦？被抓回来了？”

小岚担心晓星说出救走建文皇帝的事，忙瞪了他一眼。楚阳并没留意晓星的话，他难过地说：“太极殿的火扑灭后，在大殿上发现了一男一女两具烧焦了的尸体。尸体面目已难以辨认，从烧剩的衣物看，像是龙袍和凤冠霞帔，所以，估计是皇兄和皇嫂放火自焚了。”

小岚想起了胖太监和瘦宫女。他们不肯跟建文皇帝夫妇一起逃走，就是打算好穿上帝后的衣饰自焚，掩盖皇帝逃走

的真相。

小岚知道朱允炆已安全离去，松了一口气，说：“楚阳哥哥别难过，他们一定怕燕王攻陷皇城后受辱，所以才做此决定。他们死得壮烈呢！”

楚阳说：“四叔不是无情之人，他会善待皇兄的。他知道皇兄死讯时也很难过，准备为皇兄风光大葬。”

小岚用鼻子“哼”了一下：“善待？难说。历史上有哪个皇帝会轻易放过他的政敌呢？”

楚阳说：“四叔不会这样的。他这个人，就像太极殿上面那块‘正大光明’的牌匾一样，不会搞阴谋诡计的。”

小岚摇摇头：“难说呢！康熙不是说过吗，为了巩固政权，皇帝也会在‘正大光明’的牌匾后面，做一些并不光明的事。”

“康熙？康熙是谁？他讲得蛮有哲理的。”楚阳问道。

小岚说：“这康熙嘛，是几百年后的一个皇帝。”

楚阳哈哈大笑起来：“你这鬼精灵，又捉弄哥哥了。你怎么知道几百年后的皇帝叫什么名字，说了什么！”

“嘻嘻……”小岚扮了个鬼脸，也不作解释。

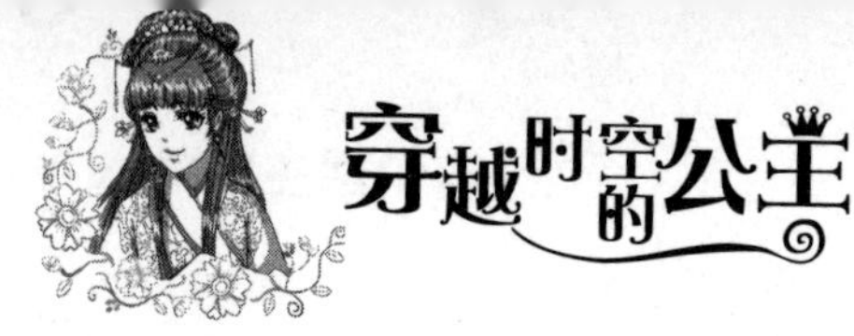

第7章 这个皇帝好帅气

朱棣一大早便派人来靖王府传旨，请靖王妃和小王爷、小郡主，连同晓星和晓晴两位小客人入宫晋见，并共进晚膳。

三个孩子知道后都很兴奋，这正是进宫寻找时光机的好时机啊！

靖王妃显得很开心，她来到含芳阁，亲自给小岚挑选衣服和头饰，又亲自给她梳头，为她精心打扮。

旁边的冬雪不禁掩嘴偷笑，靖王妃见了问："冬雪啊，你笑什么？"

冬雪说："我觉得王妃的紧张样子，就像小岚郡主要出嫁一样。"

靖王妃笑说："今天是小岚第一次进宫参见皇上，当然要打扮得漂亮一点了！"

"娘，小岚，可以走了吗？"楚阳嚷嚷着跑了进来。他一见小岚，就眼睛睁得大大的，"哇，妹妹真漂亮！娘，我以后找妃子，也要找一个这样漂亮的！"

靖王妃笑着说："儿子，那你一定失望了，我这女儿是

天下第一美女，再也找不到和她一样漂亮的了。”

楚阳笑嘻嘻地看着母亲，这么多年来，还是第一次听到这位温良婉淑，但不苟言笑的娘亲说笑呢！看来小岚妹妹的回来，对她的影响太大了！他不禁点头微笑说：“娘说得对，我这妹妹真的美不可言，等会儿进到皇宫，真要令‘六宫粉黛无颜色’了。”

小岚已听了一早上的赞美话了，那帮侍女早在后面不停地惊叹郡主的美丽，现在王妃跟小王爷又这样赞美她，她不禁脸红起来，一头扎进靖王妃怀里：“娘，哥哥，你们别再夸我了，我可是会骄傲的啊！”

靖王妃搂着女儿，眉毛眼睛都在笑，那个开心样，谁见了都会感动。

这时候，晓晴、晓星也过来了，一行五人分乘三顶轿子，一路进了皇宫。下得轿来，大家便在一名老太监的引领下，往皇帝平日见客的大殿而去。

晓星拉拉小岚的手，说：“等会儿见了皇帝，可以不跪吗？”

小岚说：“可以啊！不过会以‘大不敬’治你的罪，咔嚓，砍掉脑袋。”

晓星嘟着嘴说：“我不想跪这个谋朝篡位的皇帝。”

小岚敲敲他脑袋，说：“小弟弟，别为古人生气了。六百

多年前的是是非非，有谁说得清。何况，在朱元璋所有的子孙中，燕王是最聪明的一个，如果不是皇室规定由长子长孙继位，而是任人唯贤的话，也该燕王当皇帝呢。燕王即位后，令明代进入盛世之年，派郑和下西洋、下令编撰《永乐大典》，也算是对中国历史有大贡献的人。"

晓星不断眨巴眼睛，他对小岚说："哇，这个皇帝还挺有本事呢！好吧，我就原谅他一回！"

那边晓晴显得格外兴奋，她摸摸这里，看看那里，叹口气说："要是带照相机就好了，可以拍很多宫廷照，回去羡慕死那些同学。"

"照相机？照相机是什么东西？"楚阳好奇地问。

晓晴说："是拍照片用的，只要拿它对着要拍的地方一按，就会把那地方留在照相机里面，什么时候想看，打开照相机就行。"

"真神奇，这一定是你们香港才有的东西吧？"楚阳说。

晓晴刚想说话，晓星扯着楚阳的衣袖说："楚阳哥哥，这皇宫没北京的故宫好看。"

楚阳听了很惊讶，问道："世界上难道还有比皇宫更漂亮的地方？故宫在什么地方？"

晓星不假思索地说："在北京！"

楚阳眨眨眼睛："北京？没听过这地方。我明白了，那一定也在你们香港，是吧？"

晓星挠挠脑袋，不知怎么解释才好。小岚在一旁帮他解围："对对对，是在香港。"

那时候还没有故宫呢！故宫可是明成祖在1416年才在北平开始动工建造，用了14年时间才建好的。明成祖迁都北平后，才把北平改为北京。

楚阳说："你们香港真是太厉害了，好像什么都新奇，什么都有趣！小岚，找个时间，我跟你们去一趟香港，开开眼界。"

"我们都回不去呢！还带你去？"晓星嘀咕着。

"你说什么？"楚阳问。

晓星扮了个鬼脸："没说什么。"

这时候，老太监已把他们带到了大殿门口，老太监进去禀报："皇上，靖王妃等客人到了。"

只听到殿里传出一个洪亮的声音："快请他们进来！"

靖王妃牵着小岚的手，走进了大殿。小王爷和晓晴、晓星随后跟着。

"吾皇万岁万万岁！"

五个人一起向明成祖朱棣叩拜。因为之前靖王妃教过小岚他们皇宫礼仪，所以即使如晓星般淘气，也没有失礼。

“起来起来！”朱棣亲自走下来，扶起靖王妃，又扶起小岚。

小岚抬起头，只见面前的朱棣年约四十上下，方脸庞、丹凤眼、卧蚕眉，眉宇间透出一股儒雅之气。他头戴金冠、身穿龙袍、脚蹬朝靴，又尽显皇者风范。

史书记载明成祖一表人才，果然不是谬传！

为什么有一种似曾相识的感觉？小岚心里有点疑惑。

那朱棣也在看小岚，这女孩明艳照人，美丽中又显出自信、硬朗，跟以往见过的美女大为不同，但细看竟像是在哪里见过面？

“是您！”

“是你！”

小岚和朱棣几乎异口同声喊了起来。

世事就那么巧，原来，眼前的皇帝，竟是几日前在马蹄下救了小岚一命的那位马上将军。

真是人生何处不相逢！

小岚把事情一说，大家都啧啧称奇。靖王妃不禁流泪，对朱棣说：“皇上，谢谢您！要不是您出手相救，恐怕我就永远失去这个女儿了。”

朱棣笑道：“皇嫂何必客气。也该我和这侄女有缘，所以上天安排我救她一命。”

晓星用崇拜的目光看着朱棣，说："哇，皇帝叔叔在战场上勇救小岚姐姐，真是英雄啊！我最佩服的就是这样的英雄了！皇帝叔叔，您真是我的偶像！"

"皇帝叔叔？哈，这名词倒新鲜。这机灵小子是谁呀？"朱棣笑嘻嘻地看着晓星。

小岚忙介绍："这是晓星，这是晓晴，他们是我的好朋友。"

晓星笑嘻嘻地朝朱棣点点头，还举手行了个不伦不类的礼。晓晴就羞答答地低头行礼："晓晴拜见皇上。"

"好，好！"朱棣点头微笑，"今天很高兴，见到了这么美丽的小侄女，还有两个小朋友。好，你们就留在皇宫住几天吧！皇后和皇子们还在北平，朕正嫌宫里太清静。你们就住宁清宫吧，那是朕小时候住的地方，环境挺不错的。"

他又吩咐老太监："王德海，你赶快叫人打扫好宁清宫，今晚靖王妃他们就住那儿。"

"是！"王德海急忙退下。

朱棣说："朕已让人在御花园摆下一桌饭菜，我们一块儿去那里赏花、吃饭。"

常听说古代帝王吃饭极讲排场，如今眼见，果然十分惊人。只见一张长长的饭桌上面摆了近五十盘菜肴，说不出的珍馐百味、精美点心，令人瞠目。

晓星向来嘴馋，一见那丰盛的菜肴就两眼发光，拉住小岚小声说："这回发达了！"

十几名宫女侍立一旁，替众人搛菜、倒饮品。十几人频频走动，竟悄然无声，足见训练有素。

"你们吃多点，朕好久没这么高兴了。小岚你喜欢吃什么，叫他们给你搛。"朱棣满脸笑容招呼客人，对小岚又特别照顾。

晓星少有的沉默，因为他的嘴一直塞满食物，腾不出空隙出声。直到饮足吃饱，他才拍拍胀鼓鼓的肚子，开始发表意见了。

"皇帝叔叔，我想给您提点意见。"

朱棣一听便笑嘻嘻地说："好啊！朕初登九五，正想广纳意见。"

晓星说："我觉得您这个皇宫不够漂亮！"

"乱讲！"晓晴一听便忙瞪晓星一眼，又对朱棣说，"皇上，请原谅小孩子不懂事乱说话。"

没想到朱棣却频频点头表示赞同："对对对，我也这么认为。晓星从香港来，见多识广，能否给点具体建议？"

小岚插嘴说："行行行，晓星挺有设计天分呢！晓星，你就给皇上设计一座新皇宫吧！"

"这……"晓星搔搔头，面有难色，"小岚姐姐，那……"

“什么这个那个的，叫你画你就画吧！”小岚跟晓星咬耳朵，“你不是去过故宫吗？把故宫画下来，让他们照着盖，不就行了？”

“哈！”晓星恍然大悟，“好好好，我画，我画！”

第8章
和皇帝斗一番

夜深了，宁清宫里到处静悄悄的，人们想是都已入睡。小岚这时格外想念赵敏妈妈，不知她的病怎样了，翻来覆去好一会儿，便索性爬起身，到外面走走。

月明星稀，万籁俱寂，除了那些昏黄的路灯，整个皇宫都已是乌灯黑火，一片静谧。隐约见到有一处影影绰绰的灯光，小岚便好奇地走了过去。大门半掩，小岚看到里面摆设似是一间书房，心想，说不定里面有很多珍贵古籍，不如进去看看，见识见识。

刚一推门，猛然见到有个人坐在书案边埋头读着什么，她吓了一跳，正想退出，那人闻声抬起头，原来竟是……

“皇上！对不起，打扰您了。”小岚慌忙说。

“不要紧。朕读书读累了，正想找人聊聊天呢！小岚，坐吧。”朱棣微笑着，指指旁边一张椅子。

小岚坐下，她好奇地问：“皇上，这么晚了，您还不休息？”

“新朝刚立，百废待兴，很多国事要处理，朕哪能睡得着啊！”朱棣扬扬手里的《史记》，说，“争取时间多看点

书，学习治理天下。”

小岚点头说：“历史的经验值得注意，读一读历史，会让人头脑更加清醒。”

朱棣把书一扔，说：“朕也累了，正想歇歇。小岚，你会下棋吗？”

小岚笑说：“会啊！”

养父马仲元是围棋七段高手，小岚自小就被他训练得很出色。

朱棣很高兴：“太好了，你和朕来下一盘如何。但是，不许让朕啊！朕跟人下棋，别人老让朕，真没意思。小岚，你不会这样吧？”

小岚调皮地眨眨眼睛，说：“当然不会，下假棋，那多没劲。”

“太好了，太好了！”朱棣喜上眉梢，“那朕今天就要下一盘真正的棋！”

于是，两人各坐一边，朱棣说：“大让小，小岚，你先行。”

小岚笑嘻嘻地说：“不，我敬老，您先行。”

“哈哈哈！你这丫头，从来没有人因为敬老而让朕，他们只是畏惧朕的地位。”朱棣说完，又摸摸下巴的胡须根，“小丫头，在你眼中，朕真的很老吗？”

“不是很老，而是很老很老！”小岚瞅瞅朱棣沮丧的样子，狡黠地笑了起来，“哈哈，我骗您呢！以您这样的样貌，要在我们香港，准把我们那几个香港先生冠军比下去。起码您比他们多了些阳刚之气，像个真正的男子汉！”

“是吗？”朱棣笑逐颜开，“朕也听楚阳提过香港的趣事。朕以前只知道香港盛产香木，知道香港因此而得名，此外就一无所知。现在才知道，原来那里有很多新鲜玩意儿，是个很有意思的地方。找个时间朕去南巡，也去那里走走。”

小岚一听很兴奋，忙说：“是呀是呀，那里人杰地灵，值得一去。”她心想，要是找不到时光机，就先跟朱棣回了那儿再说，即使是六百多年前也好。

“好，那朕先落子啦！”说话间，朱棣兴致勃勃地拿起一颗棋子，放在棋盘上。

朱棣生于帝王之家，学棋是幼时的必修课，所以棋艺可算精深。小岚家学渊源，虎父无犬女，深得马仲元棋艺精粹。所以两人棋逢对手，斗得难解难分。紧张之际，两人竟忘形地嚷了起来。

朱棣大声说：“铁锁横江，看你往哪里跑！”

小岚哇哇大叫：“看我连消带打，您阴谋难以得逞！”

朱棣大嚷：“四面楚歌，看你还有什么脱身良策！”

小岚大笑："哈哈，我就来个围魏救赵，看您如何是好！"

朱棣嚷着："见招拆招，朕最拿手！"

小岚喊道："嘿，您跑不了啦！皇上受死！"

两人越嚷越大声。突然外面一阵脚步声，一位身穿盔甲的将军，带着一大队御前侍卫，冲了进来，一见朱棣和小岚，马上全部跪下。将军说："皇上，请恕末将救驾来迟。刺客在哪里？"

朱棣一愣，说："你们干什么？什么刺客？"

将军说："刚才听到皇上大喊'看你往哪里跑'，又听到有人说'皇上受死'。"

朱棣仰面大笑："哈哈哈，朕是跟小侄女下棋而已！"

"打扰皇上雅兴，末将该死！"将军诚惶诚恐。

朱棣边笑边挥挥手："没关系，你们退下吧！"

"谢皇上！"将军慌忙带着侍卫退出书房。

小岚朝朱棣挤挤眼睛，两人不禁大笑起来。

朱棣说："小岚，谢谢你！"

小岚眨巴着眼睛："谢我干什么？"

"谢谢你令我开心。"朱棣长叹一声，"自从朕发起'靖难之役'，行军打仗，枪林弹雨，足足四个年头才攻入京都。入京后，又面临无数问题，安抚旧臣、任命新官、重

振朝纲、重整河山，日忙夜忙，很久没试过像今晚这样开心轻松了。”

“皇上，别灰心，您知道吗？您将是明代一个很有建树的皇帝呢！”

“小岚啊，谢谢你安慰我，未来是怎样的，这个谁也难料。”朱棣叹了一声，“其实现在最令我不开心的，是被视为叛逆之人。也许千秋万代，我都会被视作谋权篡位者。唉，其实有谁明白我……”

“皇上，我明白您。”小岚说，“我知道，皇上在所有皇子中是最有出息的一位，所以太祖皇帝在太子去世后，也在皇上和皇兄之间有过犹豫，只是碍于传位于长子长孙的传统，才决定让皇兄继位的。”

朱棣摇头叹息：“唉，往事休提！世人是不会知道这些的，他们只会记住我曾起兵夺去允炆的皇位。”

“您也是出于无奈。”小岚说，“皇兄即位后，因为害怕各皇叔势力太大，他皇位不稳，便首先向您开刀。他削弱您的军权，又暗中派人捉拿您，务要将您除掉。您走投无路，才下决心起兵……”

朱棣一拍桌子：“对呀！小岚，恐怕这世上你是最了解我、最体谅我的人了！”

朱棣突然狐疑地说：“咦，小岚，你一个闺中小丫头，

何以知道这么多事情？”

小岚自觉失言，忙掩饰说：“我的养父是个旅行家，喜欢走南闯北，洞悉天下大事。他常告诉我很多国家大事，我听了记在心里，闲时细细琢磨，以便分清是非黑白。”

“原来如此。小岚，你小小年纪，见多识广、聪明绝顶又善解人意，真是难得！我刚刚即位，百废待兴，这些天都与群臣商量新朝要做的事。我想，明天你也跟楚阳一块儿上殿吧，你可针对群臣意见，给朕分析分析，出个主意。”

小岚一听正中下怀。进宫之后，他们一直想找机会进入太极殿，看看时光机会不会掉在那里。只是那太极殿是上朝的地方，所以守卫森严，一直没办法进去。小岚心中高兴，得意话儿不自觉说出了口：“嘻嘻，果然天下事难不倒马小岚，这下我有理由去找时光机了。”

朱棣听得莫名其妙：“你说些什么？什么‘光鸡’？”

“不不不，我只是说有点害怕。”小岚忙说，“我以一个女儿家身份去太极殿，恐怕有些突兀，不如我扮作男孩……”

朱棣一听大乐：“好啊，我也想看看一个美丽绝顶的女孩儿，扮成男孩后是什么模样！这样吧，你就扮作我的第五个儿子吧。叫什么名字好呢？就叫朱高炘吧。我明天一早就让人送一套皇子官服去宁清宫，给你穿上参加早朝。”

第二天大清早，宁清宫的人就被送官服的太监吵醒了，除了靖王妃有点不舒服还在睡觉外，楚阳、晓晴和晓星就都起来了，他们围着小岚，忙得不亦乐乎。

“哎，这些刘海不可以露出来，要塞进官帽里！”

“小岚，你走路要昂首挺胸，这才像个男人呀！”

“小岚姐姐，你说话声音要粗一点才行！”

“小岚……”

一个时辰后，身穿皇子服饰的小岚打扮好了。屋子里一片寂静，大家都大张嘴巴，傻傻地看着小岚。

“喂，怎么都成泥菩萨了！”小岚说。

“小岚姐姐，你跟我来！”晓星一把抓住小岚的手，把她拉出门外，走到那个清澈如镜的小水池旁边。

小岚站在池边一照，差点认不出自己来了——好一个眉清目秀、玉树临风的小皇子。

晓晴过来抱着小岚，说：“小岚，你要是个男孩，我真要马上托付终身了。”

楚阳也走过来拉着小岚的手，哈哈大笑说：“妹妹，幸亏你不是个真男孩，要不，我这‘皇室第一美男’的美称就得让给你了！”

晓星用仰慕的眼神看着小岚：“小岚姐姐，你是我永远的偶像！”

“孩子们，你们在这里干什么呀？”身后有人发问，大家回头一看，原来是靖王妃。原来靖王妃起床梳洗后，发现孩子们不在屋里，便在冬雪的陪伴下，出来找他们。

大家急忙向靖王妃请安。

靖王妃见这三男一女四个孩子里，没有小岚，却多了一位秀气的小皇子，便问：“请问这位是……”

小岚有心跟靖王妃开个玩笑，忙低头施礼说：“小王见过婶婶。我是五皇子朱高炘，昨晚刚从北平回来。”

“五皇子？本妃失礼了！你长得真好看，秀气得像个女孩。你是在北平出生的吧，本妃应该还没见过你，但是，怎么看你好面善呢？”

小岚故意让声音变了变调：“是吗？可能我跟婶婶有缘，所以有似曾相识的感觉。”

“也许是。”靖王妃看着小岚的脸，神情越来越疑惑，“不对，你怎么好像……”

“哈哈哈！”小岚实在忍不住了，哈哈大笑着，一头扎进靖王妃怀中，“娘，您怎么连我都认不出来了！”

“是你这个鬼丫头！”靖王妃大乐，她拉着小岚，上下打量着，“天哪，没想到我女儿扮成男孩子会这么好看！哈哈哈！”

平日矜持的靖王妃，竟放声大笑起来。

“咦，不对，你这丫头，从哪儿弄来这么一套皇子的衣服？”靖王妃很疑惑。

小岚笑着说：“娘，您放心好了，这可不是偷来的。皇上让我今早跟哥哥一块儿上殿听政，怕我是女孩子不方便，就让我扮作他的五儿子朱高炘。”

靖王妃听了，大吃一惊：“天哪，这怎么可以！太极殿是个什么地方，是皇上和群臣议政的地方呀！你一个女儿家怎么可以去那儿！要是你不小心说错什么，那可是要杀头的啊！不行，我去找皇上，请他收回成命……”

小岚一把拉住靖王妃：“娘，您别担心，我只是去听听而已，不会乱讲话的。再说，我是以五皇子身份去的，谁敢动我一根毫毛！”

楚阳也劝道：“娘，有我看着妹妹呢，我不会让她有事的。况且，这是皇上的意思。娘，您就让妹妹去吧。”

靖王妃叹了口气，她用手指点着小岚的鼻子，嗔怪地说：“你呀你呀，哪像个女孩！昨天去闯龙潭，今天又去闯太极殿，你要娘担心死吗！”

小岚撒娇说：“娘，我今天不会有事的，我去听政，就是想增长点见识而已。”

靖王妃说：“女孩儿家，能相夫教子就行，治国之事，自有男人去干。”

小岚说："娘，那您就错了，我们香港很多司局长都是女的呢！"

靖王妃装作生气的样子："你们那个香港，都不知是什么古怪地方，怪不得把你熏陶成这样子，怪念头多多。"

小岚说："哎，时间到了！娘，拜拜！"

小岚说完，抓住楚阳的手，一溜烟跑了。靖王妃摇头叹息："唉，这丫头！"嘴里这么说，但脸上却满是喜悦，她蛮享受女儿的聪明伶俐和活泼可爱呢！

第9章 我是五皇子

小岚跟在楚阳身后，走进了太极殿。

小岚参观过故宫三次，每次参观，她都浮想联翩，想象着古代皇帝端坐龙椅发号施令、阶下群臣俯首听命的情景，作悠悠怀古之思。没想到今天自己真的站在太极殿上，亲历六百多年前君臣议政的情景，那种感觉既兴奋又着实有点儿怪异。

小岚东张西望的，虽然之前救朱允炆时进来过，但那时心急火燎，加上烟雾弥漫，并没有好好看一看。这大殿不如电视电影里的鲜亮，光线有点暗，建筑的色泽也较为暗淡，不知是因为早前被烟熏过，还是本来就是如此。

小岚另外还有一个重要任务，就是寻找时光机。本来这大殿可以一目了然，只是站了好些早来的大臣，弄得小岚只得将目光在人们脚下绕来绕去。

大殿里已有不少大臣到了，他们见楚阳和小岚进来，便都过来问安。其中一名个子不高、年约三十多岁的大臣看着小岚，向楚阳问道："这位是……"

楚阳答道："解大人，这位是五皇子，昨晚刚从北平

来，皇上让他来大殿听政。”

“五皇子？”大臣们一听都大惊，慌忙过来施礼，“臣等不知五皇子驾到，有失远迎！”

“众位大人不必客气，本皇子年幼无知，父皇是让我来向各位学习的，请不吝赐教！”小岚十分识大体。

“哪里哪里，等会儿还想听一听五皇子的高见。”群臣十分谦恭。

这时，老太监王德海进来，大声道：“皇上驾到！”

大家慌忙排好位置，肃立静候。一会儿，朱棣昂首而入，坐于龙椅之上。众大臣一齐跪拜：“恭请皇上圣安！吾皇万岁万岁万万岁！”

“众卿家，平身！”朱棣端坐在龙椅上，腰背挺直，两手搭在扶手上，两眼威严地把群臣扫视了一遍。

“今天，仍然继续昨天话题，请众爱卿各抒己见，令明朝江山繁华盛世。”

各大臣没有说话，都目视小岚。

朱棣一见，便说：“相信大家已见过五皇子朱高炘，皇儿年幼，他上朝来只是听政而已，大家不必客气，有话只管奏来。”

“微臣要报告一件事。内务府已向城中最好的工匠定做了一张龙椅，估计要一个月后才能完工。”一位大臣出

班奏道。

“好。”朱棣点点头，他又动了动身子，“咦，今天这龙椅好像没有之前那样老是晃动了。”

王德海说：“皇上，龙椅晃动，是因为地面砖瓦有点凹凸不平，我找了一个小盒子，垫了一下椅子脚，所以不晃了。我想撑一个月没问题。”

朱棣点点头，说：“好，那我们言归正传，回到昨天未议完的话题。”

“皇上，臣有奏。”这时，一位大臣走出来奏道。

小岚一看，正是刚才见过的那位“解大人”。

朱棣点头微笑：“解缙，你点子最多，今天就畅所欲言吧！”

小岚一听，不由得多瞧了那人几眼。原来他就是明代才子解缙！自己小时候读神童故事，不知看过他多少故事呢，真没想到，会在这里见到他真人。史书说，他主持编撰《永乐大典》，流传后世。小岚都读过其中篇章呢！小岚想，大概他会在这里提出编撰此书的建议吧！

解缙口才极好，只听他口若悬河，说了足足一个时辰，但他说的全是强兵保国、税收一类的话题，一点儿没提到编撰《永乐大典》一事。小岚不禁有点着急了。早前仲元爸爸考过几卷《永乐大典》的残本，小岚曾经看过，实为中国文

化之瑰宝。

之后不断有大臣发言，说的大多是军队、民生，好像把文化忘了。小岚不由得噘起嘴来。

这时候，有一位老臣奏道："皇上，五皇子聪明过人，我们都想听听他的高见呢！"

朱棣笑吟吟地望向小岚，说："皇儿，你可以说说意见，让各位卿家指点指点。"

"多谢父皇。"小岚身为乌莎努尔公主，什么场面没见过，所以，她一点不惧怕站在太极殿上说话，"我有一点意见。中华文化博大精深，古代流传下来的各种典籍资料不计其数，但由于没人整理出版，很多已失传，甚为可惜。我建议出版一套书，对有保留价值的儒家典籍、史传百家、历代文集，还有方舆志乘、小说戏曲、医学方技、佛道典籍等，或收录原著整部、整篇，或选出精彩段落分门别类编入，'包括宇宙之广大，统会古今之异同'，编成一套百科全书，流传后世。不知众位大人意见如何。"

"好！"小岚话音刚落，朝堂上响起一片叫好声，连朱棣都点头微笑，一脸赞赏。

解缙奏道："臣认为五皇子所言极是。抢救文献遗产，刻不容缓，如果皇上信得过，臣愿负责编修这套百科全书。"

朱棣大喜，说：“准奏。这套百科全书就暂名《文献大成》吧，由解卿家主持编修。我给你一年时间筹备，明年这个时间正式着手编撰。我想，这套书必传后世，成为佳话。”

“皇上英明！”众位大臣齐声说道。

朱棣说：“众卿家辛苦了，我们明天再议。退朝吧！”

“吾皇万岁万万岁！”众臣跪地，送朱棣离去。

朱棣一离开，众人就纷纷走来，七嘴八舌向小岚道贺：“五皇子小小年纪，竟有如此胸襟，懂得保存文化遗产，实在难得！”

小岚微笑说：“现在散朝了，各位不必拘礼了。各位都是高炘之长辈，或功绩彪炳，或满腹经纶，本皇子真有‘高山安可仰，徒此揖清芬’之感呢！今后还请各位多多指教。”

“哪里哪里！”

“五皇子言重了！”

“惭愧惭愧！”

小岚好不容易从大臣的包围圈里脱身。

楚阳笑嘻嘻地看着她，小岚打了他一下，说：“看你笑得古古怪怪的，打什么坏主意？”

楚阳笑说：“我可没有打什么坏主意，倒是那些大臣

心中一定已经打响算盘了，说不定他们已暗自盘算投靠你呢。”

小岚睁大眼睛：“真好笑，投靠我做什么？我又不是皇帝。”

楚阳说：“你不是皇帝，可你如果真是皇子的话，就有可能是未来的皇帝啊。那帮大臣是墙头草，见你聪明，又得皇上宠爱，加上嘴甜舌滑逗人欢喜，将来立太子时，一定一面倒拥戴你。”

“啊，妈呀！那太好玩了！”小岚大笑。

楚阳说：“还好玩呢！到时皇上不知怎么向他们解释，这所谓的五皇子原来是个小美女。”

小岚心中挺得意，自己已是两国公主，一国郡主，如果阴差阳错又捞个太子当当，哈，简直美死了！她有点忘形，一边走一边手舞足蹈地旋转着。她本来就学过跳舞，加上身段苗条，随便舞动也摄人心魄。

楚阳目不转睛地看着她，心里充满惊喜。这位妹妹简直是个“奇迹”，失踪十多年，竟然奇迹般寻回；美丽绝伦又有聪明头脑，高贵大方又不失淘气可爱，世上竟有如此完美的女孩子！

楚阳只顾发呆，连小岚什么时候停住舞步都不知道，到他清醒时，发现已来到了昨天泛舟的湖边，而小岚已兴致勃

勃地跳到了一条小船上。小岚朝他招手说，“哥哥，快来，我们划一会儿船！”

楚阳怕母亲担心，本想阻止，但见到小岚已在船上，知道这丫头不达目的不会罢休，便只好也跳到船上。

两人在湖上划了一个时辰，楚阳怕母亲担心，费尽口舌终于把小岚哄上了岸，两人兴高采烈地回到了宁清宫。

远远看到晓星站在门口张望着，一见小岚他们回来，晓星便跑了过来：“小岚姐姐，你怎么才回来，有很多人送东西来，是送给你的呢！”

小岚很奇怪：“这里除了你们两个朋友，还有谁认识我呀？怎么会送东西给我？”

楚阳笑道：“应该是送给五皇子的。”

小岚走进大厅，简直吓呆了，只见桌子上、地上全摆满了东西。一箱箱，一盒盒，一包包，不知是什么宝贝。

晓晴正在兴致勃勃地翻看礼物，一见小岚便兴奋地说：“哇，我们发达了，这些全是古董啊！在香港拍卖场，每样都值百万千万呢！你快看，这手镯，景泰蓝上镶宝石，哇，人间极品啊！”

晓星朝晓晴嚷道：“姐姐，你知不知道，你现在两眼放光，样子好贪婪啊！”

晓晴说：“什么贪婪，我们不偷不抢，人家自动送上

门，不要白不要！小岚，这个手镯我要了。”

小岚说：“谁也不许要！晓星说得对，我们不要贪心，人家送礼来，是以为我真是五皇子，将来他们知道我是假冒的，一定后悔莫及。我们先放着，以后有机会还给人家。”

“真没劲！”晓晴把手镯扔回盒子里，悻悻地坐到一边生闷气。

楚阳见状走过去，说：“小岚说得对，这东西不能要！别生气了，你想要什么好东西，改天我带你上街，我买给你。”

“真的！”晓晴一听马上眉开眼笑，“你真的要送东西给我？说话算数啊！”

小岚白了她一眼：“真丢人！”

晓晴满不在乎地说：“人家楚阳小王爷说要送东西给我，又不是我自己要的，才不丢人呢！小王爷，你打算送什么给我呀？要有意义一点的，可以成为信物的那种。”

第10章
夜半古琴声

晚上，靖王妃和楚阳小王爷有点事回了王府。晓星要给朱棣“设计”新皇宫图纸，扯着晓晴替他磨墨，两人在书房里咋咋呼呼的。小岚看了一会儿晓星的“设计图”，发表了几点“高见”，便走了出来，到处逛逛。自从住进宁清宫之后，还没有到处走走，原来宁清宫很大呢！小岚顺着走廊，发现有很多房间，她顺手推开一间，见里面摆放着很多古玩，便走了进去。

小岚心想，要是爸爸妈妈见到，一定高兴极了。看，架子上摆着许多古董，商朝镇纸、汉朝茶碗、唐代花瓶……连西周的刀形钱币都有几套。记得爸爸早前找到一只破损了的西周刀形钱币，都高兴得手舞足蹈，要是他见到这么完美无缺的、齐全的几大套钱币，真不知兴奋成什么样子呢！

桌上还有用绿色绸缎盖着的什么东西，小岚好奇地走过去，揭开一看，啊，她马上惊叫了一声。只见绿色绸缎下面露出一张浅褐色的古琴，古琴约三尺多长，两头均呈优美的半圆曲线，琴的右边面板上刻着四个小字——翠岭遗音。

这不就是她本来要在红馆弹奏的千年古琴“翠岭遗音”吗？

当然，在明代它还是被称作“七弦琴”或“琴”的，20世纪初期为了和其他乐器的统称区别开，才改称“古琴”的。

竟然在六百多年前见到了它，真是不可思议！小岚激动得心儿乱跳，她用手指一拨琴弦，琴声清润至透，有如珠落玉盘。

小岚突然技痒，很想马上弹奏这张琴，她想，将来有一天回到21世纪，可以告诉妈妈，自己在六百多年前弹过这张琴，妈妈一定很高兴。

小岚怕吵醒了宫里的人，便抱着琴，走出宁清宫，向御花园走去。

一直走到荷花池边，看看四周空旷，估计不会吵着宫里的人了，小岚才停了下来。荷花池边有个凉亭，小岚走了进去，把琴安放在石桌上。

她捋起长袖，凝了凝神，手指一挥，轻轻地弹了起来。

悠悠古琴声，在夜空中飘荡。小岚并不知道，深夜里，仍有人听见她的琴声呢。是谁呢？

原来明成祖朱棣心系国事，夜不能寐，他正在御花园里慢慢踱步。当悠扬的乐韵飘入他的耳朵时，他不禁停住了脚步。

古琴素被誉为“圣人治世之音，君子养修之物”。历代的文人雅士，在琴曲中俯仰自得、游心太玄、寻觅知音；历代的侠士豪客，则要兼备剑胆琴心，才能真正算得上可以惊天地、泣鬼神的英雄好汉。

朱棣乃儒雅之人，自然喜爱古琴。他少时曾遍寻名师，采得各家精髓，二十岁时已弹得一手好琴。此刻他听到有人弹琴，未免心中窃喜，原来宫中还有人跟自己一样，是个琴痴。

他听出弹的是古曲《潇湘水云》。这是宋人郭楚望的代表作，当时金兵入侵，郭楚望移居于湖南宁远九嶷山下，每当远望九嶷山为云水所蔽，见到云水奔腾的景象，便激起他对山河残缺、时势飘零的无限感慨，因而创作此曲，以寄眷念之情。

朱棣屏住气息，细心聆听。飘逸的泛音使人进入碧波荡漾、烟雾缭绕的意境。弹奏者运用七弦琴特有的吟、揉手法，恰到好处地表现了乐曲的抑郁、忧虑之情，接着，弹奏者通过大幅度荡揉技巧，展示了云水奔腾的画面，打破压抑气氛，表现出奔放、热情。全曲的高潮部分，高、低音区大幅度跳动，按音、泛音、散音音色巧妙组合，交织成一幅天光云影、气象万千的图画……

朱棣听得如痴如醉，忍不住急步寻找那弹琴之人，走过九曲回廊，转入荷花池边，便看见凉亭里，一个白衣少女正在埋头抚琴。

朱棣看呆了。男子抚琴，有一种道骨仙风的飘然。女子弹琴，素手拨揉，泻出一腔柔情，溢出一股暗香，更有一种超凡脱俗、不食人间烟火的美。

借着朦胧的月色，朱棣清楚地看到，那少女正是小岚。

小岚正沉醉在自己的琴声中，浑然不觉近处有人听琴。

朱棣看着素衣长发的小岚，心中暗暗吃惊。这个靖王府刚寻回的女儿，究竟是一个怎样的女孩啊！她美丽、聪明、娴雅，棋下得出神入化，琴弹得如天上仙音，即便扮作男儿，在朝堂上也是机敏睿智，语出惊人！

帝王家美女如云，但从没有一个如小岚般美丽又清灵脱俗。

自从上午散朝之后，就陆续有大臣上表，全是称赞五皇子朱高炘的，有个别人甚至直言不讳，称拥立五皇子为太子，连那个向来自命清高的解缙，也笑口吟吟地跑去御书房，把五皇子夸奖了一番。

朱棣想，靖王妃真是好福气，生了这样一个美貌与智慧双全的女儿。可惜啊，可惜自己的五个公主，均是资质平平。如果自己有一个像小岚这样的女儿，那就真的无憾了！

朱棣想：辛弃疾说“生子当如孙仲谋”，我朱棣却想说“生女当如朱小岚”！

朱棣正想着，突然脚下一滑，一块小石头骨碌碌掉进荷花池里，发出“咚”一声响。

琴声戛然而止。小岚抬头张望，发现了朱棣，她急忙起身行礼：“参见皇上！”

“很抱歉，把你的雅兴打断了！”朱棣边说边步上凉亭，“真不知小岚你弹得一手好琴，请问你师承谁人?”

“我的老师……”小岚刚想讲出老师龙冠廷的名字，那是在21世纪古乐领域里响当当的名字啊！可是一想，那老师现在还没出生呢！便改口说，“我是无师自通呢！其实不是我弹得好，而是这张‘翠岭遗音’实在太棒了！一张琴，若能够具备透、静、润、圆、清、匀就算是很好的了。而这张‘翠岭遗音’，却具备了奇、古、透、静、润、圆、清、匀、芳九德，真是琴中极品呢！”

朱棣惊喜地说：“没想到你小小年纪，却对琴认识这么深，小岚，你真令朕惊喜！这琴是朕小时候父皇送的，据说已有四百多年历史，是出自盛唐名家之手，音色极佳。”

小岚笑嘻嘻地说：“皇上过奖了！小岚学习古琴日子尚浅，还请皇上指教。”

朱棣点头微笑，说:“你弹得已近乎完美，或者朕再赠你几句。高人弹琴以琴声不沉为贵，拨弦太重琴音就浊了。凡弹琴用轮指，称为‘蟹行’，用侧指称为‘鸾鸣’，要是全用指甲，琴声便会干枯，要是全用指肉，琴声则会重浊，这弹琴拨弦的秘诀你务必记住。”

小岚边听朱棣说话，边按他所说的试弹，果然又有更好的效果，不禁大喜，连叫“谢谢皇上指点”！

朱棣看着这个绝顶聪明的小侄女，感慨地说：“你知道吗，今天散朝不久，朕就陆续收到了许多大臣的奏章，都是赞扬五皇子，也就是你的。”

小岚嘻嘻地笑着：“是吗？赞扬我什么？”

朱棣说：“说你小小年纪却知书识礼、聪明能干、智慧过人，相信日后必是国家栋梁之材。连解缙那个鬼才也特地跑了来，对你提出编撰《文献大成》大加赞赏，朕从来没见过他这么佩服一个人。”

“其实……”小岚想解释什么，但想想，怎么说好呢？有谁相信她看过一本还没出版的书呢！她只好笑笑，不吭声。

朱棣说：“明天你还是以五皇子的身份上朝吧，希望继续听到你的好主意！”

“遵命，父皇！”小岚调皮地朝朱棣作了个揖。

这一句“父皇”叫得朱棣浑身舒坦，他不禁哈哈大笑起来。

小岚看看时间不早了，关心地说：“皇上，您早点休息吧，这些日子您一定累坏了，保重身体啊！”

朱棣看着小岚，感动地说：“谢谢你！小岚，你真是个好女孩。新朝刚立，百废待兴，很多国事要处理，唉，有谁知道做皇帝的苦呀！”

小岚同情地说：“我就知道。我的好朋友万卡也是一国

之君，他刚登位时，也忙得不可开交，一天没几个小时睡觉。做皇帝，管理好一个国家，让百姓安居乐业，实非易事啊！”

“小岚，你最明白朕了！”朱棣又问，“你刚才说，你有个朋友也是一国之君，是哪个国家呀？”

“是呀，他叫万卡，是乌莎努尔的国王。”小岚一提起万卡，脸上就飘出一朵红云，笑容也甜滋滋的。

朱棣看了她一眼，笑说：“这万卡，一定是一位英俊小伙子吧？”

小岚笑眯眯地说：“当然，他不但英俊，还很勇敢，就跟您一样勇敢，他曾经几次救了我的命呢！”

朱棣慈爱地看着她，就像父亲对女儿一样：“这英俊勇敢的国王，想必是朕未来的侄女婿了，对不对？”

“皇上，您笑我！”小岚竟伸出拳头，去捶朱棣。

朱棣先是吓了一跳，从来没有人敢这样跟他没大没小的，当皇子的时候没有，现在就更没有了。他实在不习惯，便往旁边一躲。

小岚见了，才想起面前这人是皇帝，忙伸了伸舌头，说：“对不起，对不起！”

要是换了别人，朱棣早就龙颜大怒，以欺君罪论处了，但这人是小岚，那就另当别论了。他宽容地微笑着 说：“没关系！”

第11章 房孝禹不能杀

大清早，小岚和楚阳小王爷手牵手往朝堂上走去。一路上，碰到不少上朝的大臣，大家都朝五皇子拱手行礼，争相问安，令小岚应接不暇。

在大殿上等候时，小岚见楚阳尽瞅着自己笑，便捶了他一拳，问道："你怎么古古怪怪的，笑得这样暧昧！"

楚阳小声说："我的好妹妹，看来，你这个假皇子比那些真皇子还要受欢迎呢！"

小岚得意地说："谁叫我魅力没法挡！将来历史一定会这样写：明成祖，有五子，以五皇子朱高炘最为聪明能干。哈哈……"

说话间，老太监王德海进来了，喊道："皇上驾到！"

众臣忙跪下，高呼"吾皇万岁万岁万万岁"。

"众卿家请起！"朱棣伸手做了个"请起"的动作。

"众卿家，有事请奏来。"

一位须发斑白的大臣出班奏道："皇上，有关请房孝禹拟即位诏书一事有阻滞，那房孝禹不识抬举，宁死不肯写。"

这房孝禹是建文帝时的大臣，他不但在朝中很有影响力，还写得一手好文章，所以，明成祖一直想让他替自己写即位诏书。但这房孝禹却认为“忠臣不事二君”，宁死不肯归顺朱棣。朱棣一怒之下，便把他关进了大牢。日前他吩咐大臣去劝服房孝禹，没想到又碰了一鼻子灰。

朱棣一听十分恼怒，说：“朕三番四次以礼相待，他竟敬酒不吃吃罚酒。好，今天朕非要他低头不可。来人，把房孝禹带上殿。”

见到朱棣生气的样子，小岚不禁心里“咚咚”直跳。

据历史记载，房孝禹最终为明成祖所杀，明成祖还诛了他十族，死亡人数多达八百多人。这是明成祖在位时最残忍的一页。

历史上没写明房孝禹死于哪一天，莫非今天就是他的死期？

小岚看看坐在龙椅上的朱棣，他仍然儒雅、风度翩翩，但眉宇间有一股杀气，她心里更忐忑了。

楚阳发现了小岚的不安，他关心地看着她。看来今天会有一场杀戮，天哪，千万不要让这可爱的小妹妹看到这一幕。

不一会儿，房孝禹被带到了，侍卫把他一按，让他跪倒在朱棣面前。

房孝禹当众号啕大哭，边哭边大呼“建文皇帝”，声震

大殿。朱棣听了，心里也未免酸楚。说实话，建文皇帝年纪轻轻就死了，他每每想起，心里也不好受。于是，他走下殿来，对房孝禹说："先生不要这样，死者已矣，无法复生。"

他俯下身，想扶起房孝禹，没想到对方不领情，把他的手推开了："篡位之人，不与为伍！"

朱棣十分尴尬，说："国不可一日无君，朕也是顺应民意。"

房孝禹大呼："立君有何难，大可以立建文皇帝的儿子或弟弟为新帝！"

朱棣强忍心中不快，一拂袖子："此乃朕之家事，你不必多言！"说完让人拿纸笔给房孝禹，要他当场撰写即位诏书。

房孝禹把笔一掷，大声说："你就是砍我的头，我也不会替你写这诏书！"

朱棣发怒了："你不怕死，难道也不顾及家人安全？你不怕朕诛你九族吗？你不怕连累别人吗？"

"哼！"房孝禹脖子一拧，答道，"人死有重于泰山，有轻于鸿毛。为忠君而死，死得其所！我想他们还有这点骨气，一定会理解我！"

朱棣勃然大怒，喝道："好，那朕就成全你！右将军杨

陵听令，马上带人把房孝禹家族全部抄没家产，押赴刑场候斩。”

杨陵应声而去。

朱棣本来是想吓唬吓唬房孝禹，希望他在重压之下服从，偏偏房孝禹一副宁死不屈的模样，还大声说：“你就是杀我十族，我也是这句话，不写！”

朱棣一听怒不可遏，喝住杨陵，又再下令：“把这贼子的朋友门生也一并抓赴刑场，十族人一同问斩！”

小岚看在眼内，心里佩服这房孝禹真是一条硬汉。虽然她知道明成祖杀房孝禹十族已是史实，但她还是希望有奇迹出现。

这时，有个年轻的大臣出班奏道：“皇上，房孝禹冒犯皇上，罪该万死，但请念他乃博学多才之读书人，恳请皇上留他一命。”

这时，解缙也出班奏道：“皇上，微臣斗胆请皇上开恩，免房孝禹一死！”

接着，有两名大臣也陆续出班，替房孝禹求情。

朱棣其实也很不想杀房孝禹，他顺水推舟地说：“房孝禹，朕就看在诸臣为你求情的份上，再给你一次机会。只要你替朕写即位诏书，朕就免你一死，更不会罪及你的家人朋友。”

偏偏那房孝禹死不肯低头，他仰天大笑，说："人生自古谁无死，留取丹心照汗青。要我助纣为虐，你就死了这条心吧！"

朱棣把手一挥："来人，马上把这乱臣贼子押往刑场！"

解缙和几名大臣还想说话，却被朱棣喝止："有谁再替这逆贼求情，杀无赦！"

见到龙颜震怒，大臣们再也不敢出声了。

小岚见到这样子，心里急得不得了。八百多条人命啊！眼看就要死在朱棣手里，难道可以坐视不理吗？历史也不是说不可以改变的啊，建文皇帝不就让自己救了吗？说不定自己争取一下，还真能替中国保存一大批文人学士呢！反正这明成祖显然很喜欢自己，他一定不会怪罪自己的。

想到这里，小岚急步出班，说："父皇，孩儿有奏！"

朱棣正恼怒，见到小岚，马上变温和了。他点头说："皇儿尽管说。"

小岚见状更加放心，她大声说："父皇，我觉得房孝禹不肯写诏书，足见他是一名忠臣。如果能假以时日，劝服他为新朝效劳，一定是国之栋梁。"

朱棣一听面有不悦，说："皇儿，朕已有言在先，谁再替房孝禹说话，杀无赦。我念你年幼无知，就饶你一次，你勿再多言。"

小岚向来人见人爱，哪听过这样的训斥，她圆睁双眼，气呼呼地瞪着朱棣。楚阳见状心中吃惊，生怕这天不怕地不怕的妹妹闯出什么祸来，也顾不得礼节，急急走出去把小岚拉回队列中了。

房孝禹被押走后，朝堂上又开始议事。一会儿，杨陵遣副将来报："皇上，房孝禹十族已被抓获，约八百余人，等候圣裁。"

朱棣挥挥手，说："你马上到刑场传朕口谕，房孝禹因叛逆罪，诛十族，午时行刑。由杨陵监斩！"

副将应道："是，皇上！"

副将转身正要离去。这时，忽然有人大喝一声："慢着！房大人不能杀！"

众人都吓了一大跳，皇上盛怒之时，有谁还敢这样大胆，难道不怕死吗？

一看，还是小岚。只见她"扑通"一声跪在朱棣面前，着急得有点口不择言了："父皇，八百多条人命啊，难道您一点不怜惜生命吗？难道您不怕被天下人唾骂吗？难道您不怕历史永远记下您的暴行吗？父皇，为了保住您的英名，请收回成命吧！"

小岚字字铿锵，一连三个"难道"，震得在场众人心惊胆战，他们个个低头敛首，心里暗暗为五皇子捏一把汗。

朱棣十分震怒，他用手一指小岚，喝道：“朕刚才已经给了你机会，但你不思悔改，竟口出狂言！来人哪，把这逆子绑上，押赴刑场，与一干逆贼，一同问斩！”

“皇上息怒！”在场大臣一见形势不对，马上一起跪下，叫道，“请皇上饶过五皇子！”

楚阳吓得心胆俱裂，他知道这位皇上，平日儒雅大度，但最不喜欢有人逆他意，更不允许有谁损害他的尊严。妹妹今日危矣！

楚阳马上往前面一跪，俯伏在地，大呼：“请皇上饶命，念在五皇子年幼，恕他无罪！”

朱棣怒目圆睁：“住嘴！谁替他说情，一同问斩！”

圣言一出，众人噤若寒蝉，只有楚阳仍大喊：“皇上息怒，皇上饶命！”

朱棣铁青着脸，他一挥手，几个侍卫上来，把小岚五花大绑拉走了。

楚阳仍连声地叫着：“皇上，不可呀，不可呀！”

朱棣起身，一拂袖，怒气冲冲地离开了大殿。

第12章 刀下留人

小岚被人推推搡搡地带到刑场上。她环顾四周，那宽阔的刑场上，以房孝禹为首，黑压压地跪了一大片人，看上去真有点触目惊心。刑场正面，大将杨陵坐在案桌前，桌上笔筒里插着令箭。刑场两边站着两列刽子手，个个手抱大刀，凶神一般站着。

这情景怎么如此熟悉？以前来过？怎么会！小岚猛然想起，这场景在电影电视里常有。接下来的情节应该就是，三通鼓响完，杨陵大喝一声："时辰到，行刑！"那些刽子手就把大刀一举，但每每在这关键时刻，就有人飞马前来，边跑边喊："皇上有旨，刀下留人！"

想到这里，她不禁"扑哧"一声笑了起来。

押着她的两个侍卫听到小岚的笑声都神情错愕，其中一个嘀嘀咕咕地说："这五皇子真是，死到临头了，还笑！"另一个说："我说他是'望乡台上弹琵琶，不知死活'！"

两个侍卫把小岚押到房孝禹身边，用力一按，要她跪下。

跪着膝盖多痛啊，偏不跪！小岚宁死不屈地昂头站着，

一副慷慨赴死的神情。那两名侍卫也不敢硬来，这人到底是个皇子啊，万一等会儿来个“刀下留人”，皇子死不了，自己还得吃不了兜着走呢！于是，小岚直挺挺地站着，在那一片黑压压的人犯当中，真的是“鹤立鸡群”了。

围观的百姓成千上万，大家都在议论纷纷。

一个老公公说：“那位不肯跪下的公子是谁呀？真是条好汉！”

旁边一个年轻人说：“我刚刚听到押送他的侍卫说，他是当今皇帝的五皇子呢！他冒死阻挠皇上杀房大人，皇上大怒，就判他跟房氏十族一并处斩了。”

一帮年轻姑娘正对小岚指指点点，称赞她长得秀气，听了老公公和年轻人的话，马上哗然。

“真要斩他吗？太可惜了！”

“五皇子，五皇子，我们支持您！”

“五皇子，你不能死啊！”

小岚听了，更努力地挺胸收腹，一副英雄模样。

旁边跪着的房孝禹叹息说：“五皇子，是老夫连累你了！真是对不起啊！”

小岚说：“房先生何出此言。你是个忠臣，我因你而死，是死得其所呢！只可惜，壮志未酬身先死，未能保护你们这一大批读书人。”

房孝禹说："五皇子请不要这样说，您为了我而掉脑袋，老夫来世一定结草衔环，报答五皇子。"

小岚虽然满口豪言壮语，心里却着实心不甘情不愿：我还很喜欢自己这颗脑袋呢，如果真掉在这六百多年前，就太冤枉了！

如果难逃一死，那行刑前该做点什么好呢？是吟一句文天祥的"人生自古谁无死，留取丹心照汗青"，还是像嵇康那样，叫他们取一张古琴来这里，弹一曲《广陵散》，然后慷慨就义？

正想着，忽然听到鼓声响起。小岚知道，这是第一通催命鼓，到第三通鼓响时，就是行刑时候了。她抬头望向通往皇宫的那条大道，希望有匹快马飞驰而来，马上人大喊"刀下留人"！

可是，那条路空荡荡的，别说是一匹马，连只鸟儿都看不见。

站在小岚旁边的那个胖刽子手开始蠢蠢欲动了，他装模作样地活动活动手脚，又朝小岚不怀好意地笑着，这令小岚想起童话故事里那只准备扑向小羊的恶狼。

小岚虽说胆子大，但这时也不免害怕起来了。天哪，怎么朱棣还不派人来喊"刀下留人"。

这时候，"咚咚咚"，第二通鼓响了，小岚的心不禁也

跟着“咚咚咚”地跳起来。她心想，妈呀，难道今天真要掉脑袋不成？不行，自己才十六岁，自己还要跟万卡恋爱，还要回去侍奉仲元爸爸、赵敏妈妈，还要寻找自己的出生秘密，还要……反正，自己不能死！

她嘴里不禁嘀嘀咕咕起来：“朱棣，快下旨呀，快下旨刀下留人呀！朱棣，你这臭皇帝、坏皇帝、糊涂皇帝……”

这时候，“咚咚咚”，那催命的第三通鼓响了。只见杨陵把令箭往地上一扔，大喊一声：“时辰到，准备行刑！”

那些刽子手开始蠢蠢欲动，围观的人也开始骚动起来了。

小岚朝大路望去，还是没看见有快马驰来。她急了，一句话脱口而出：“刀下留人！”

刑场上马上安静下来，所有人都呆了，从来没听过有死刑犯自己喊“刀下留人”的，那些刽子手都拿着刀发愣，杨陵则大张嘴巴，看着小岚。

一会儿，杨陵才清醒过来，大喊道：“犯人朱高炘，你因何喊‘刀下留人’？”

“我……”小岚不知说什么好，干脆就信口开河，以拖延时间，“我是替别人喊的。”

杨陵一愣，问：“替别人喊？替谁？”

小岚说：“替即将要来喊‘刀下留人’的人。”

杨陵感到受了愚弄，气得连胡子都翘起来了，他一拍桌子，喊道：“别让犯人扰乱法场，快斩！”

谁知话音未落，突然又有人喊了一声“刀下留人”，杨陵怒气冲冲地说：“谁喊都没用了，斩！”

继续有人大喊“皇上有旨，刀下留人”。紧接着，三匹快马跑进刑场，马上三个人随即滚鞍下马。

“圣旨到！”其中一人大喊一声。

小岚一看，正是楚阳小王爷！在他身后，站着晓晴和晓星。

哈，这回有救了！小岚这才松了一口气，心想，这朱棣还算有点良心，最后关头还是舍不得杀我。

第13章
明成祖的女儿

究竟朱棣为什么不杀小岚呢，他果真良心发现，舍不得杀小侄女吗？就让我们看看半个时辰前，在御书房发生了什么事吧！

当小岚被押往刑场后，楚阳拔腿就回宁清宫搬救兵去了。

靖王妃正在宁清宫和晓晴、晓星一起下棋，这时，楚阳急匆匆跑回来，大喊："娘！娘！出事了，妹妹出事了！"

靖王妃大惊，问道："你妹妹上朝时还好好的，出什么事了？"

楚阳一五一十地把小岚顶撞皇帝惹祸上身一事说出。

"天哪！怎么办？怎么办？"靖王妃吓得六神无主。

晓星、晓晴也吓得脸儿发白。晓星说："楚阳哥哥，小岚姐姐是不是像电影里那样，时辰一到，就被刽子手手起刀落，咔嚓！"

"啊！"靖王妃惊叫一声，面无人色。

晓晴捶了晓星一拳，骂道："你这乌鸦嘴，你不说话没人说你哑了！"

楚阳说："娘，皇上跟靖王府一向关系很好，您去求情，说不定皇上会赦免妹妹。"

靖王妃忙说："好，好，我们去找皇帝，马上去！"

一行人跌跌撞撞跑去御书房见朱棣。朱棣正靠在椅子上，两眼盯着天花板在发呆。

"皇上，皇上！请您饶小岚一命！"靖王妃顾不得礼数，推开门口侍卫，冲入御书房，一下跪在朱棣面前。

"皇嫂，请起！"朱棣见了，马上离座去扶靖王妃。

靖王妃不肯起，她涕泪交流，说："皇上若不饶过小岚，我就在这里长跪不起！"

朱棣一听有些恼怒，说："新朝刚立，许多旧臣对朕仍口服心不服，阳奉阴违。你的好女儿，刚才在大殿上一点不给朕脸面，要是不施重刑，那些腐儒更会蠢蠢欲动，乱了朝纲。皇嫂，你别让朕为难了，朕是不会收回成命的。"

靖王妃苦苦哀求，说："我就这么一个女儿，还离散了十多年，刚刚找到，您就忍心又让我们骨肉分离吗？"

朱棣望了靖王妃一眼，似有不忍。他闭起眼睛，好一会儿才张开，微叹一声，说："你的心情朕理解，但为了明室江山稳固，朕今天一定不赦免小岚。"

靖王妃见朱棣没商量的样子，叹口气，对楚阳说："你带晓晴他们到外面去等我，我想单独跟皇上谈谈。"

“好的，娘。”楚阳带着晓晴姐弟出去了。

靖王妃转身，一把拉住朱棣衣袖，说：“皇上，您真的不肯放过小岚吗？您会后悔的！”

朱棣一拂袖子，将背对着靖王妃。

靖王妃瘫倒在地，悲伤地喊道：“难道您连自己的亲生女儿都要杀吗？！”

朱棣愣了愣，猛地转过身，神情错愕：“你说什么？”

靖王妃轻轻饮泣：“小岚是您的亲生女儿呀！”

朱棣大惊：“小岚是朕的女儿？你疯了，怎么会呢？”

靖王妃用坚定的眼神看着朱棣：“这事千真万确！皇上，您记得蓉儿吗？”

“蓉儿？！”朱棣顿时脸色大变。

这蓉儿是谁？朱棣为何有此反应？这里，我们得插进一段发生在十多年前的往事。

原来，蓉儿是靖王妃薇儿的孪生妹妹，她们是洪武年间大臣柳子原的女儿。因为姐妹俩都聪明伶俐，又是绝色美女，所以很得当时马皇后的喜欢，马皇后常邀她们进宫小住，和众皇子一起玩。薇儿、蓉儿两姐妹和靖王朱棠、燕王朱棣特别要好，后来，薇儿便和靖王相恋，而蓉儿就和朱棣展开了一段轰轰烈烈的爱情。薇儿和靖王很幸运，得到朱元璋点头，两人终成眷属。而蓉儿跟朱棣就没那么好运了，朱元璋一直从中作梗、横加干涉，为了大明政权的巩固，朱元璋要促成一宗政治婚姻——要朱棣娶当时掌握军权的徐达之女。朱棣反抗无效，无奈屈从。蓉儿是烈性之人，愤然离家出走，不久便客死异乡了。为此事，朱棣心里一直悲痛不已，所以一听靖王妃提起，便脸色大变。

靖王妃两眼直视着他，说："如果您不想又一次辜负蓉儿，您就要马上放过小岚。"

朱棣用悲伤的眼神看着靖王妃："朕不明白，小岚的事跟蓉儿有何关系？她又怎么会是朕的女儿？"

靖王妃叹了口气，艰难地说："因为……因为小岚是您和蓉儿的骨肉！"

"啊！"朱棣大惊失色，"这、这怎么会！朕和蓉儿怎么会有女儿！"

靖王妃流着泪说："其实您和蓉儿分手时，蓉儿已有了您的骨肉。她怕太祖皇帝知道后，会对柳家不利，对腹中孩子不利，所以她隐瞒下怀孕一事，躲到了附近乡下。这事除了我之外，谁也不知道。大家以为她因为对您心死而离家出走。"

"啊，天哪！蓉儿，你为什么不跟朕说！蓉儿，你真傻！"朱棣痛心地喊道，他又急问，"后来呢，后来怎样了？"

“蓉儿在离家不远的一处乡下租了间茅屋住下，等待孩子出世，她希望独自将孩子养大。我暗中命一名心腹侍女去侍候她，而自己也瞒着家里，去看过她几次。八个月后，一天傍晚，那名心腹侍女惊慌地跑回来找我，说蓉儿大清早时生了个女儿，但是接着便陷入昏迷。侍女很害怕，让帮忙接生的婆婆照看着那母女俩，自己就赶回王府找我了。我心急火燎地赶到蓉儿那里，却发现蓉儿已去世，而女婴也不见了。”

“啊！”朱棣重重地跌坐在龙椅上，悲痛万分。

靖王妃继续说：“我向家人报告了蓉儿死讯，却将女婴一事隐瞒下来，所以，人们知道蓉儿离家出走后不久去世，却全不知她曾诞下女儿……”

朱棣急问：“你后来找过那女婴吗？”

“因为这事我连靖王爷都不敢讲，所以只能暗中派人查访，但十多年过去，一直杳无音讯。直到洪武帝和靖王爷相继去世，我才大胆张贴寻人启事寻找十六年前被拐走的女儿。反正你们兄弟间从来分封各地，彼此的家事各不清楚，所以也不怕有人质疑。没想到，真是老天爷暗中庇佑，恰恰在您登九五的时候，找到了小岚……”

“啊，老天保佑！那就赶快……”朱棣刚要说什么，又打住了。他低着头，沉吟不语。

靖王妃着急地说：“皇上，您还犹豫什么，再不下旨，

小岚就人头落地了！”

“靖王妃。”朱棣看了靖王妃一眼，说，“朕再问你一句，你该不会因为想让朕饶过小岚，就编此故事骗朕吧？”

靖王妃大怒，说：“皇上，您太侮辱人了！我什么时候说过谎？好吧，若您不相信，我就死在您面前好了。反正，我没能替妹妹保护好小岚，我也不想活了！”

靖王妃起身，一头向柱子撞去，吓得朱棣赶紧拉住她。

“别别别，朕不是不相信你，只是……只是突然知道自己和蓉儿还有一个女儿，未免有点不敢相信。”朱棣叹了一口气，“其实朕又何尝想杀她，无奈她太目中无人，令朕在群臣面前下不了台。为了蓉儿，为了小岚是朕的女儿，朕一定要救她。但朕圣旨已下，现在又要收回，这叫朕颜面何存？威信何在？”

靖王妃掩面而哭：“皇上，难道您连亲骨肉都不顾了吗？”

“不是，不是的，唉，你没看朕正在想办法吗？”朱棣急得背着手在书房内走来走去，就像热锅上的蚂蚁。

“皇上，皇上！”突然有人在后面拉他的袖子，朱棣转身一看，是晓星，他身后还站着楚阳和晓晴。他们不知什么时候进来了。

“皇帝叔叔，您还没决定好吗？再等下去，小岚姐姐的

脑袋就保不住了！”晓星说。

晓晴也说：“皇上，您难道一点不心痛吗？小岚是您的亲生女儿呀！”

楚阳也说：“是呀，她可是皇室的金枝玉叶，是个公主呀！”

“你们！”朱棣大吃一惊，“你们怎么知道……”

晓星说：“不好意思，我们太关心小岚姐姐了，就在门口偷听，我们什么都知道了！”

“你们……嘿！”朱棣有点恼怒。

楚阳一见忙说：“皇上别生气，我们也是担心小岚而已。您放心，在您没决定怎样处理小岚身份时，我们会守口如瓶的。”

晓星也说：“对，我们不会讲出去的。况且，这也不是您和蓉儿阿姨的错，错也错在太祖老伯伯。”

晓晴也说：“是呀，我们只会感动而已。一段缠绵悱恻的爱情故事，好浪漫啊！”

朱棣点点头：“看你们这么懂事，朕也不治你们偷听之罪了。至于如何赦免小岚，唉，朕也很为难。”

“皇上，我有办法，让您既能赦免小岚姐姐，又可以维护您的尊严。”晓星笑嘻嘻地说。

朱棣大喜，忙问：“什么办法，快说来听听！”

晓星说："直到现在为止，小岚姐姐仍是以五皇子身份亮相的。皇上您可颁旨，说死罪可免，活罪难饶，把五皇子改判发配边疆，然后把她带离刑场。反正您只有四个儿子，这个五皇子是根本不存在的，小岚姐姐马上改回女装，就万事大吉了。"

朱棣高兴地说："妙计呀！把五皇子贬为庶人，发配边疆，永不准回京，这处罚也够重了，在群臣面前也有个交代了。晓星，谢谢你的妙计，朕以后定重重有赏。"

晓星开心地说："皇上不用赏了，只要您放过小岚姐姐，我没有礼物也开心！"

一直没说话的楚阳看看天色，着急地说："皇上，午时快到了，您赶快下旨吧！要不就迟了。"

朱棣急急拟一道旨交给楚阳，说："楚阳，就由你去宣旨吧！小岚一定很不开心，你替朕好好安抚她。"

晓星说："我也去！小岚姐姐每回不开心，都是我把她逗笑的。"

晓晴也说："还有我！我跟小岚最要好，我也要去安慰她。"

朱棣说："好好好，你们真乖！就派你们三个去宣圣旨吧！"

第14章 可怜天下父亲心

解释完了朱棣赦免小岚的原因，现在我们再回到刑场上。

当下楚阳打开圣旨，大声宣读道："奉天承运，皇帝诏曰：五皇子朱高炘，袒护逆贼，顶撞皇帝，实属不赦。念其年幼无知，免其一死。但死罪可免，活罪难饶，判处逐出皇室，贬为庶人，并发配边疆，永不准回京。其他人犯，维持原判，即时行刑。钦此。"

楚阳对杨陵道："皇上命我等三人，马上把五皇子带走。"

杨陵正为那扰乱法场的小岚头痛，巴不得她快点离开，好完成监斩工作，便顺水推舟地说："好好好，请小王爷马上带走五皇子！"

晓晴和晓星欢呼一声，马上跑到小岚面前，替她解绳子。谁知小岚生气地躲闪着，不让解开。她说："这皇帝可真够绝！发配边疆？我宁愿死掉算了！"

晓星在小岚耳边小声说："不是呀！这只是个借口，回去皇上会马上让你自由的。"

晓晴也说："小岚，你真好福气，你知道吗？你又升级了，从郡主变成公主了。你是朱棣的女儿呢！"

小岚一听这事怎么越来越复杂，之前被靖王妃认作女儿，现在怎么又成了朱棣的女儿了？但见晓晴、晓星煞有介事的样子，又不像是开玩笑，便任他们解下绳子。她心想，做谁的女儿都不要紧，不用掉脑袋，不用发配边疆就行了，这事回去再弄清楚。

小岚活动活动手脚，正要随三人离开，猛然见到刽子手拿起刀走向那些跪着的人，不觉又停住了脚步。她想，不能让朱棣杀这些人。

她突然心生一计，又拿起刚刚解开的绳子往自己身上缠："我不走了！"

"五皇子，您怎么啦？快跟我们回去！"楚阳正为救出小岚松了口气，见她又不肯走，不由急了。

晓晴和晓星也很着急，不知小岚葫芦里卖什么药。

小岚干脆一屁股坐在地上，说："我不走，我要跟房大人他们同生共死。来吧，你们先把我斩了，然后再斩其他人。"

那些刽子手知道她是皇上赦免死罪的人，哪敢杀她，便都住了手，傻傻地看着她。

晓晴走过去，小声说："你不怕死吗？要是皇上反悔

了，你小命不保！”

小岚说：“你不是说我是皇上的女儿吗？我谅他也不会杀我，八百多条人命呀，不管怎样，我也得救他们！”

楚阳已知道小岚的用意，其实他何尝不想救这帮人，于是对晓星说：“我在这里守着，小岚不会有事的。你马上回宫跟皇上说，小岚不肯一个人走，除非一同赦免房大人等人。”

“好！”晓星走了几步又折回，对着杨陵作出恐吓状说，“不许动五皇子一根汗毛，否则，让你死得很难看！”

杨陵双手托着脑袋，有气无力地挥挥手，说：“去吧去吧，我怕了你们了！”

晓星快马回到御书房，朱棣和靖王妃正在门口着急地张望，一见他回来，便争着问：“晓星，小岚救出来了吗？”

晓星皱皱眉头。

靖王妃和朱棣一见大惊。靖王妃尖叫一声，快要昏倒了。

晓星忙扶住靖王妃说：“王妃阿姨别急，我们已阻止了行刑，宣读了圣旨，可是小岚姐姐不肯跟我们回来。”

靖王妃大惊失色：“天哪，为什么？”

朱棣皱着眉头：“这丫头，搞什么名堂！”

晓星说：“小岚姐姐说，她要跟房大人他们同生死共患

难，要处死他们，就把她也一块儿处死好了。”

“这、这怎么行！”朱棣生气地一顿脚，“既然她一定要跟逆贼为伍，朕就成全她吧！”

“不行不行！”靖王妃大惊，“您就这样对待自己的亲生女儿吗？”

朱棣说：“你都看见了，不是朕不想救她，是她倔强得像头牛！房孝禹对朕大不敬，不杀他，朕在朝廷还有威望吗？朕说的话还有人听吗？”

靖王妃说：“唉，我说句公道话，杀人家八百多口，也真是过分了点。”

朱棣气呼呼地说：“你以为朕想这样吗？朕原来只是吓唬他而已，谁知道他竟跟朕对着干。朕没得选择！”

靖王妃说：“现在，房孝禹跟小岚一条命，杀房孝禹就是杀小岚，所以杀不得！”

朱棣急得团团转。

晓星说：“皇上叔叔，您得赶快拿定主意了，您不知道，那杨陵有多狠，万一他等得不耐烦了，把小岚姐姐跟房大人一块儿，咔嚓！”

他说着，还用手做了个砍脖子的动作，把朱棣吓得一哆嗦。

靖王妃就更加沉不住气了，她尖叫着：“皇上，您再犹

豫，小岚就没命了！”

朱棣烦得要死，他挥挥手，说：“好吧好吧，朕就先把行刑押后，把房孝禹一干人等关起来再说。”

他马上拟了一道旨，叫晓星马上送去刑场。

“遵旨！”晓星拿了圣旨，兴高采烈地赶往刑场。

朱棣和靖王妃等得心焦之际，楚阳等三人带小岚回来了。靖王妃一见，马上扑了过去，心肝宝贝地喊着，还把她上上下下地看：“小岚，你吓死我了，那些人没有为难你吧！你没事吧？”

小岚气呼呼说：“怎么没有，差点没了脑袋！”

说着，她狠狠地瞪了朱棣一眼。

朱棣本想过来，像父亲那样拥抱一下小岚，抚慰她，但一见她的目光，就吓得停住了脚步。

靖王妃拉着小岚说：“我想楚阳他们也跟你说了皇上赦免你的原因。来，见过你的父皇。”

小岚把头一拧，说：“我没有这样的父皇，杀人不眨眼的刽子手！”

“你！你这个……”朱棣嘴唇发抖，气得说不出话来。

“我有说错吗？如果我不是您的女儿，我和房大人等八百多人，就去阎王爷那里了。人命在您眼里就那么不值钱

吗？！”小岚显得义正词严。

“嘿！”朱棣气得一拂袖子。

靖王妃忙来调停：“小岚，你就原谅他吧！房大人也太不识抬举，皇上也为维护自己的尊严，才忍痛要杀他的。”

小岚说：“哼，他的尊严值钱，人家八百多条命就不值钱啦？古往今来，这些当皇帝的都这样，老子天下第一，骑在百姓头上作威作福，却不知道自己的江山是要百姓拥护才能长久的，不知道自己住的吃的穿的，都是百姓创造的！”

朱棣简直暴跳如雷了：“好啊好啊，你这个黄毛丫头，竟然教训起朕来了，信不信朕把你关进大牢！”

“信，怎么不信！您为了巩固自己的江山，什么事做不出来！”小岚像只好斗的公鸡，瞪着朱棣嚷嚷，“叫人来抓我呀，抓我呀！我不怕死！”

“好，朕成全你！来人……”

话没说完，靖王妃就“扑通”一声跪下，大叫：“皇上，您放过小岚吧！”

楚阳拉了晓星、晓晴一下，三人也都跪下了，大声说：“请饶了小岚吧！”

“气死朕了！”朱棣一顿脚，气呼呼地把背脊对着小岚。

靖王妃拉拉小岚，说：“去跟父皇说句好话。”

小岚也一顿脚，气呼呼地把背脊对着朱棣："不说，打死也不说！"

屋子里充满了火药味。

晓星眼珠子骨碌碌地转了转，他笑嘻嘻地跑到小岚跟前："小岚姐姐，你要怎样才能原谅皇帝叔叔呢？"

小岚大声说："你去告诉他，如果他赦免了房大人十族，我就原谅他。"

晓星又笑嘻嘻地跑到朱棣面前，说："皇帝叔叔，小岚姐姐说，只要您赦免了房大人十族，她就原谅您。"

朱棣气哼哼地说："你告诉她，赦免了房孝禹，朕这个皇帝说话还有人听吗？"

晓星又跑到小岚跟前，说："皇帝叔叔说，赦免了房大人，他的话就没人听了。"

小岚说："你去告诉他，自古以来，仁者才能得天下，赦免了房大人，会有更多人愿意追随他。"

朱棣愣了愣，小岚这句话明显地令他震动。

这时，晓星又跑回朱棣面前，刚要开口，就被朱棣打断了："好啦好啦，传来传去真麻烦！好吧，小岚你说，想怎样个赦免法，总要让朕好下台吧！"

小岚说："您就把那八百多人改判发配吧！不过，得善待他们，给安家费，让他们能在那地方安居乐业。"

“这也未尝不是解决的办法，好吧，就依你！”朱棣想了想，又说，“但朕也有一个条件，就是你从今天起必须长住宫中，好让朕每天都见到你。”

“好，一言为定！”小岚的目的达到了，故意紧绷的脸马上变得笑嘻嘻的。她想了想，说，“不过，我不在靖王府住，我娘会寂寞的。我也想每天都见到娘。”

朱棣说：“这个你不用考虑了，我会赐一座宫殿给你住，里面房间足够靖王妃和晓晴、晓星住。”

靖王妃见他们两父女关系缓和，高兴极了，马上附和说：“对对对，我长住宫中不就行了！”

她又说：“小岚，以后你得改口了，叫皇上为父皇，称我为姨妈。”

小岚抱住靖王妃，撒娇说：“我倒宁愿做您的女儿呢！”

朱棣明显吃醋了，满脸不高兴。小岚哈哈大笑，过去拉着他的手，手舞足蹈地说：“父皇，我也很愿意做您的女儿。”

“这疯丫头！”朱棣骂着，脸上却笑嘻嘻地，慈爱之情尽露。

第15章 福慧公主朱小岚

一列长长的望不到边的车队，在几百名士兵的押解下出城了。

这是被发配九龙半岛的房孝禹十族共八百多人。小岚和晓晴、晓星一路送他们出城，在城门口，小岚说："房大人，我得告辞了。"

房孝禹流着泪说："五皇子，多谢你拼死救下这些人。老夫替他们谢谢你！"

小岚说："房大人不要客气。我知道你们不少人都有经天纬地之才，希望你们到了九龙半岛，能发挥聪明才智，改变那块蛮荒之地，建立一个繁荣的地区。我已奏请皇上拨了一批白银，给你们安家之用，你们去了可以暂时不愁吃喝，但长远的生计，就要靠你们自力更生了。"

房孝禹感激地说："五皇子想得真周到，老夫感激涕零。"

小岚笑说："房大人不必客气。此去路途遥远，千万保重。再见！"

房孝禹说："您过几天也要上路了，也请多多保重。希

望有一日皇恩浩荡，给您恢复皇子身份，回到京城。”

小岚说：“房大人请放心，我不会有事的。再见了！”

这时，房孝禹突然跪在地上，说：“感谢五皇子救命之恩，我们子子孙孙一定会记住您的恩德，希望有机会报答大恩。”

小岚吓了一跳，忙去扶房孝禹，这时候，那八百多人也纷纷下车，俯伏在地，齐喊：“感谢五皇子救命之恩！”

看见一大片人向自己下跪，小岚既惶恐又感动，不禁有点手足无措，慌忙喊道：“起来，起来，你们都起来！”

房孝禹站起来，从怀里拿出一本册子，说：“这是我房氏族谱，是族中德高望重之人才可拥有的。五皇子是房氏恩人，所以我想送一本给您，五皇子请勿嫌弃。”

小岚慌忙接过说：“如此有意义的礼物，我怎会嫌弃呢！”

当下八百多人，又齐齐叩头，送别五皇子。

小岚直到回到宫中，心里仍在激动不已。真没想到，自己竟然能改变历史，把这本来要失去的八百多条人命挽救了！这些人里面，很多都是有学识有智慧的文人雅士，说不定他们在今后的生命历程中，会创造奇迹，推动历史、改变历史。

小岚心里乐滋滋的，一边哼着歌，一边拿出那本房氏族谱看起来。

“小岚姐姐，我也要看。”晓星笑嘻嘻地凑过来。

小岚说：“咦，原来房孝禹一族把后人名字中间那个字，都在族谱中规定了呢！你看，孝后面是‘义、功、德、圆、满、保、家、卫、国……’咦，连‘弄’字都用来做名字！房弄……哈，好特别！”

“那以后我们见到按这些字排行的人，就知道他是房孝禹的后人了。”晓星兴奋地说，“那时我们可以问他，喂，先生，房孝禹大人是不是你的爷爷的爷爷的爷爷的爷爷的爷爷的爷爷……”

晓星还要“爷爷”下去，小岚拍了一下他的后脑勺，说：“喂，周晓星先生，我们不是委任你做寻找时光机的负责人吗？有眉目没有？”

虽然在这里住好吃好，还地位超然，但小岚一直没放弃过要回21世纪的想法。她惦挂着赵敏妈妈，不知她的病怎样了。她还牵挂着爸爸，他既要照顾妈妈，又要继续他的研究工作，一定很辛苦。当然，她也对万卡牵肠挂肚的，她们三个人莫名其妙地失踪了，他一定急疯了。

晓星挠挠头，说：“还没有呢！我曾沿着我们那晚去救建文皇帝的路，一直找到太极殿门口，都没有。现在只有两个地方没找过，一是太极殿里，因为那里24小时都有侍卫把守，我没办法进去找；二是我们带建文皇帝逃走的那条暗

道，那暗道已经倒塌，根本没办法去找。”

小岚说：“暗道是不可能去找了，但太极殿……我们找一个月黑风高之夜，偷偷潜入好了。”

晓晴说：“不用吧！你现在身份不同了，皇帝的女儿呀，啧啧，虽然还没有正式名分，但皇帝心里已经把你当成他的亲生女儿了。你只要说一声，太极殿的大门随时为你敞开。”

“哼！”小岚用鼻子哼了一声，说，“他呀，我逼他赦了房孝禹十族的死罪，没准他把我恨死了！”

正在这时候，靖王妃笑容满面地进来了：“小岚，小岚！”

“姨妈！”小岚急忙起身，上前扶住靖王妃，“姨妈，有什么喜事吗！看您眉开眼笑的。”

靖王妃说：“真有喜事呢！我刚从皇上那里来，皇上准备封你为公主呢！”

“什么？”小岚有点吃惊，“封我为公主？那不等于把我的身世曝光了吗？我娘没名没分的，我这个公主算什么？我可不想领他这个情！”

“不用担心。你父皇也算有情有义，他决定追封蓉儿为蓉贵妃，那你这个女儿也可以认祖归宗了。”靖王妃突然流下眼泪，“小岚，你能恢复公主身份，我也可以给九泉之下的妹妹一个交代了！”

“姨妈，您别哭！”小岚拿出手绢，温柔地替靖王妃擦眼泪。虽然她不知道自己和明朝是否真有什么关系，但她着实喜欢这个善良温柔的女人。

靖王妃见小岚如此体贴，不禁破涕为笑，说：“对，不哭不哭！这是喜事，我应该笑才是。等会儿皇上就会派王公公来宣你上殿，你快打扮打扮。记住，等会儿在大殿上你别忘了给皇上谢恩呀！这是皇上对你的恩典。”

小岚小声嘀咕说：“没什么稀罕的，我已经是两个大国的公主了。”

靖王妃说：“小岚你在说什么呀？什么两个公主？”

小岚忙说：“没什么，我是说，我可以当公主了。”

说话间，靖王妃已开始忙碌起来，替小岚梳妆打扮了。

刚打扮好，外面有人大喊：“王公公来了。”

靖王妃听了，欢喜得有点手忙脚乱：“小岚快请王公公进来，皇上来宣你上殿了！”

小岚忙喊了声：“请进来。”

王德海带着四名宫女来了。一行人向靖王妃、小岚等行礼后，王德海说：“皇上叫奴才来请小岚公主上殿。”

小岚说：“谢王公公。我们走吧！”

王德海吩咐四名宫女：“侍候好小岚公主。”

两名宫女想来搀扶，被小岚推开了，她讨厌这些繁文缛

节，自己有胳膊有腿的，为什么要人扶。

王德海前头引路，四名宫女随后，伴着小岚往太极殿而去。一路上，不断有人大声向殿里通报“小岚公主到”。

王德海低着头，急急地走进太极殿，禀告皇上：“皇上，小岚公主在门外等候召见。”

“宣！”朱棣大声说。

王德海朝门外大声喊：“宣小岚公主！”

小岚停了停，跨过门槛，在两列大臣中间穿过，走到阶前。

这小岚，疯起来像个愣小子，但正经起来真是仪态万千。你看她脸露笑容、眼含笑意、不卑不亢，既高贵又大方，做大明公主一点也不会失礼。她走到朱棣面前跪拜：“吾皇万岁万万岁！”

朱棣见到小岚，眉开眼笑，起身走下台阶，亲自扶起她：“快起来！快起来！”

朱棣随即向大臣们介绍：“众卿家，这就是新近认祖归宗的朕的女儿小岚。小岚，在场的全是朕倚重的爱卿，都是国家栋梁，以后你要向他们多多学习。”

大臣们见朱棣对小岚如此厚待，个个不敢怠慢，都齐声说：“恭贺小岚公主认祖归宗！”

大臣们不敢正视小岚公主，但又忍不住偷偷看她几眼。

小岚的美丽，跟那些古代美女又有不同，多了几分刚强，几分自信，几分俏皮，反正令群臣觉得眼前一亮。

但大臣们随即又都发现了一件事：这小公主跟被贬边塞的五皇子长得实在太像了。但谁也没吱声，皇子和公主是兄妹嘛，长得相像，这很自然。

朱棣明显地感觉到了群臣对小岚的惊艳，他十分满意这个效果，于是笑吟吟地回到龙椅旁坐下，吩咐站在一旁的王德海："宣旨吧！"

"是！"王德海大声说，"小岚公主接旨！"

小岚只好又跪下。她心里直嘀咕，来到这六百多年前，最讨厌的就是老跪来跪去，真烦！

王德海打开圣旨，宣读着："奉天承运，皇帝诏曰：朱小岚乃蓉贵妃所出，知书识礼、秀外慧中，深得朕心，特封为福慧公主，并赐怡红宫为日后生活起居之用。钦此。"

小岚谢恩："谢皇上恩典。"

群臣又齐声说："恭喜皇上，恭喜福慧公主！"

小岚也没觉得特别开心，只是淡淡地向大臣们还礼。反之朱棣呢，看着阶下心爱的女儿小岚，高兴得哈哈大笑，颇有点忘形了。

第16章 天下第一才女

靖王妃带着小岚、楚阳、晓晴和晓星四人，在怡红宫内四处参观。

晓晴嘴巴一直没停过：“小岚，你真好福气，又封公主，又获赠大屋。这怡红宫又大又漂亮，比香港半山那些富豪别墅还要大，还要别致。你们看，光是房间就有几十间。我要住两间，一间做卧室，一间做衣帽间！”

晓星说：“我也要两间，一间用来睡觉，一间用来做游戏室！”

小岚没好气地说：“要吧要吧，好像要住一辈子似的。”

小岚意思是他们始终要回到21世纪，而靖王妃却作另外理解：“是呀，再过几年，你们就要男大当婚，女大当嫁了！”

小岚嘟起嘴，撒娇说：“姨妈，我不是这意思。”

靖王妃笑着，不知怎么眼泪却扑簌簌地流了下来：“唉，我那可怜的蓉妹妹，如果泉下有知，你终于认祖归宗，恢复公主身份，她也放心了。”

小岚忙搂住靖王妃，说：“姨妈，别哭嘛，您哭我也会

难过的。”

楚阳在一旁说：“是呀，娘，今后您不会再有遗憾了。您应该高兴才是。”

小岚心里有些不忍：自己始终要回到未来的，那时，靖王妃一定很伤心。

但只要自己在明代一天，就要让靖王妃开开心心的。她大声说：“好啦，我们来说开心的。我们来安排房间。姨妈是长辈，又最疼我，我先让姨妈挑！”

“小岚真乖！”靖王妃笑得合不拢嘴，说，“这地方是皇上赐给你的，当然是你先挑了。”

“不嘛！”小岚撒着娇，说，“要不这样，我替您挑好了。这个房间坐北向南、冬暖夏凉，而且面朝花园，您一打开窗子，就可以看到园景。您早晨可以打开窗子，看看花看看草，听听小鸟叫，瞧瞧对面湖里的白鹅在水中游；晚上可以看看星星，看看月亮，看看竹摇清影……对，姨妈就住这间！”

靖王妃竟又流了泪：“小岚，难得你为姨妈想得这么周到，真是好孩子！”

“姨妈，看您，又哭了，我不让您哭，要您每天都笑！”小岚替靖王妃擦着眼泪。

小岚又对楚阳及晓晴、晓星说：“好了，现在轮到你们挑了。”

晓星一听便像脱绳猴子一样跑了，晓晴跟在他后面，两人不停地议论着这间怎样那间怎样的。

小岚刚想说什么，忽然听到外面有人通传：“解学士到！”

小岚说：“解学士？史书上不是说他为人刚直不阿，从不攀附权贵的吗？他该不是像其他俗人一样，也来送礼吧！”

晓星问：“解学士是谁？”

“解缙呀！”小岚说，“我们小时候读的语文课本，不就有解缙的故事吗？”

晓星一听十分兴奋：“哦，你说的是解缙！我记得我记得，他很了不起啊，我读他的故事时，简直佩服得五体投地！真是做梦都没想到，我能见到他的真人！”

这时候，秋菊把解缙带进来了。晓星一见便大声嚷道：“解学士你好！”

解缙吓了一跳，忙问：“请问公子是……”

晓星笑嘻嘻地说：“我叫晓星，是小岚公主的老友兼死党。”

解缙说：“哦，是晓星公子，失敬失敬！”

晓星说：“我是您的粉丝呢！”

解缙一头雾水：“粉丝？”

晓星说：“粉丝就是Fans。”

“番薯？”解缙更加摸不着头脑。

楚阳笑着说：“解学士，你莫怪。晓星他们以前住的香港，有很多新鲜玩意儿。他们尽说一些潮语，我都常常被他们弄得糊里糊涂的。”

“香港？潮语？”解缙还是很困惑。

小岚笑着说：“解学士，我替您解疑好了。晓星的意思是说，您是他的偶像，他很崇拜您。”

晓星猛点头说：“对对对，就是这个意思。我知道您很多故事呢！您小时候就是个神童，真是好聪明啊！”

千穿百穿，马屁不穿，解缙听了连眉毛眼睛都在笑：“是吗？你听过什么了？”

“好多好多！”晓星兴奋地说，“例如您小时候，有一天冒着毛毛细雨在大街上玩滚铁圈，不小心摔倒了，弄了一身泥巴。当时旁边有几个顽童不但不表示同情，还笑您是泥猴子。您很生气，马上作了一首诗讽刺他们，那首诗有四句，我记得很清楚：‘细雨落绸缪，砖街滑似油……’”

解缙笑着接上去：“‘凤凰跌落地，笑煞一群牛。’”

“对对对，弄得那几个顽童没话可说，真有趣！”晓星越说越兴奋，“还有还有，您家对面住的是有权有势的曹尚书，他们家的院子里种了很多竹子，竹子长得高出了围墙。您看着那些竹子，诗兴大发，就写了一副对联，贴在自己家

门口，‘门对千竿竹，家藏万卷书’，讽刺曹尚书家有竹无书，不是书香门第，而解家才是。曹尚书见了十分生气，怒冲冲地把冒出院墙的竹子砍了一大截，让您无法再说‘门对千竿竹’。但您又悄悄在对联下面各添了一个字，变成‘门对千竿竹短，家藏万卷书长’。曹尚书一见更生气了，便命人把竹子连根拔掉了，心想看您这小孩子还有什么文章可作。谁知道，您又在对联下加了两字……”

解缙得意地笑着：“那对联变成了‘门对千竿竹短无，家藏万卷书长有’。哈哈，那一回，曹尚书简直气疯了！”

大家都笑了起来。靖王妃说：“我都听闻过这件事，真是大快人心呢！那曹尚书在朝中专横跋扈，没人敢惹他，没想到却让一个小孩子给治了！”

小岚笑着说：“解学士不但是晓星的偶像，也是我的偶像呢！素闻先生才气过人，古体歌行，气势奔放，想象丰富，颇似李白，而律诗绝句，亦近唐人；又擅长书法，小楷精绝，行草皆佳，用笔之精妙，出人意表。您的著作《解文毅公集》《春雨杂述》我都看过呢！”

“《解文毅公集》《春雨杂述》！”解缙听了一愣，似乎十分惊讶。

他随即起身作揖道：“岂敢岂敢！其实本官今天来，是奉皇上之命，向小岚公主讨教的。《文献大成》的编撰，我尚未想到完美方案，皇上便叫我找公主……”

小岚笑道：“《文献大成》？没问题！您想知道什么，我统统告诉您！”

解缙一听竟愣住了，本来就对皇上叫他来找小岚不抱太大希望，说到底她只是个小丫头啊，《文献大成》这样的大工程，连他这样一个博古通今的大学士都觉得棘手，她能有好主意？现在听小岚答应得如此爽快自信，他不禁有点意外，难道这小姑娘真有什么良策？

想到这里，解缙便说：“请公主赐教。”

小岚说：“因为工程浩大，所以，首先得建立一支具备相当素质的编撰队伍，人数约两千人。一方面可往民间收集古老典籍，一方面可以利用文渊阁馆藏，力求让有价值的文献无一遗漏。可按大类分为天文卷、地理卷、医学卷……”

解缙一听马上不敢轻视，急忙要来纸砚笔墨，记下小岚的话。

小岚口若悬河，好像连想都不用想，不但令解缙吃惊，连靖王妃和楚阳也都听得目瞪口呆。只有晓晴和晓星捂着嘴巴笑，小岚早前研究过明史，对《永乐大典》颇为了解，她只需把典籍的内容架构说出来便行了。

小岚说了半个小时才说完，想了想，又说：“对了，这套书编好之后，不能只放于宫廷之中，以免失传，要抄它几

千份，广发于各州各府……”

晓晴、晓星又互望一眼。这小岚，真是聪明啊！连补救的事都一并想好了。

历史上，《永乐大典》原本装订成一万一千零九十五册，而且后来缮写抄录成正本和副本共两套，但是受到明末战争的影响，以及清朝末年八国联军攻入紫禁城时，大量书籍被焚毁和掠夺，现在正本已经完全失散，只留存了副本之中的三百多册，而且还分散在世界各地的博物馆或收藏家手中。北京故宫，目前只收藏了其中的六十二册，如此珍贵文献只留下这么一点点，人们提起都摇头叹息。

小岚提出把《永乐大典》广发民间，正是为了有机会保存这珍贵的文化遗产，实在高明。

解缙把小岚的话记了下来。此时，他对小岚已是佩服得五体投地了。

傍晚时，解缙捧着几大张写得密密麻麻的纸，像捧着宝贝一样，心满意足地走了，一边走还一边说：“真是天下第一才女。服了，真服了！”

靖王妃和楚阳则惊讶地看着小岚，心想：这女孩真不可思议，连名满天下的大学士解缙都要说个“服”字。

只有晓晴和晓星，一个劲儿地朝小岚挤眉弄眼。

第17章
偷进太极殿

晚饭后，楚阳陪着靖王妃回王府去了。靖王妃常常要找时间回府处理一些家务事。

新居怡红宫的布置工作由太监总管王德海亲自指挥，朱棣专门派了十几名宫女太监来，现在做布置工作，将来就负责侍候小岚等人。

小岚、晓晴和晓星三个人没事可做，便去花园里散步。

天上一轮圆月，晓星仰面望着，突然说：“我好想好想爸爸妈妈，好想好想万卡哥哥啊！”

晓晴一听，不觉也伤感起来：“我也想他们，还想利安。”

小岚叹口气说：“唉，我更担心赵敏妈妈呢！不知道她的病怎么样了。”

她见左右无人，便对晓晴、晓星说：“不如趁今晚姨妈和楚阳不在，我们夜探太极殿，看看能不能找到时光机，好不好！”

晓晴说：“可是，那里有侍卫守着，除了皇帝，谁也不能进呢！”

小岚说："去看看再说。"

晓星说："对，凭我晓星三寸不烂之舌，总之，哄、骗、恐吓、臭骂，样样都试一下，总有一款适合他们吧！"

三人往太极殿而去，远远望去，果然见到那两扇大门前面，站着一高一矮两名手执长矛的士兵。走近一点，看见那两人样子好凶啊，看上去绝不是那种可以哄得过的人。恐吓嘛，看样子他们也不会怕！臭骂？看他们目不斜视的样子，极可能是已经借了聋子的耳朵。唯有这"骗"可以试试看了。

小岚朝晓晴姐弟看看，三个人心灵相通，于是大模大样，走向太极殿大门。

"站住！什么人？！"高个侍卫向他们大声喊道。

晓星也大声回敬："听着！我们是乘坐时光机来的'超爆三侠'。我们是尊贵大方聪明美丽前无古人后无来者的小岚公主，风流倜傥玉树临风英俊潇洒的晓星公子，娇娇嗲嗲大惊小怪喜怒无常红遍乌莎努尔的未来一品夫人晓晴！"

那两名侍卫听得只顾眨巴着眼睛，晓星那一大串古古怪怪的话他们可能咀嚼一辈子都不会明白。他们倒是认得小岚，忙下跪道："参见公主！"又朝那一男一女不知何方神圣作揖："参见晓星公子，参见晓晴未来一品夫人！"

"免礼！"小岚说。

“不用客气！”晓星也得意地说。

那矮个侍卫看上去精明点儿，他恭恭敬敬地问：“请问小岚公主、晓星公子、晓晴未来一品夫人有何指教？”

晓星抢着说：“我们要进太极殿参观参观。”

高个侍卫一听马上摇头，说：“太极殿只供皇上及大臣上朝时用，平时任何人都不得入内。皇上有令，违者斩。”

晓晴说：“是皇上批准我们进去的。”

“真的？”高个侍卫一听马上说，“那请进吧！”

矮个侍卫却说：“慢，有皇上手谕吗？”

晓星急了：“只有口谕。皇上亲口答应的，还有假吗！”

高个侍卫瞪了矮个侍卫一眼，说：“是是是，请吧请吧！”

偏偏矮个侍卫死活不肯：“口说无凭，要是皇上怪罪下来，我们可是死罪呀！”

一直没吭声的小岚用手指捅了捅晓晴，然后身子晃了两晃，昏倒在地。

“公主！公主！”晓晴和晓星赶紧过来，呼喊着。两名侍卫吓得手忙脚乱。

小岚很快张开眼睛，有气无力地说：“我这是小时候落下的毛病，一着急就会昏倒。大夫说，要是严重的话，说不定某次昏倒，就再也醒不来了！”

晓晴马上借题发挥，她指着两名侍卫说："看呀看呀，看你们把公主害成这样了！"

晓星怪笑着："嘿嘿，等会儿皇帝知道了，一生气，'咔嚓'，你们就得人头落地。哎哟哟，脑袋被砍，一定好痛哦！"

两名侍卫吓得面无人色，马上跪下，大叫："公主饶命，晓星公子饶命，晓晴未来一品夫人饶命！"

晓星说："好吧！见你们真心悔过，就饶过你们。快开门让我们进去。"

"是是是！"高个侍卫连忙掏出钥匙，打开太极殿大门。

"噢噢噢，跟电影里演的一模一样啊！"晓星一进去就东张西望，嘴里不停地发表评论。

"噢，那上面是皇帝坐的龙椅吧！好堂皇啊！上面镶的是珠宝吗？"晓晴一进去就好奇地盯着十几级台阶之上的皇帝宝座，"我想坐一坐。"

小岚说："喂，别玩了，抓紧时间找时光机。仔细看看那些边边角角的位置。"

三个人分头作地毯式搜索，把台阶下面空间找遍了，什么都没发现。他们刚刚要跑上台阶，到龙椅附近寻找……

正在这时，忽然听到有人大喊一声："你们在干什么？"

三个人都吓了一跳，回头一看，原来是解缙。

“参见小岚公主。”解缙向小岚施礼，又狐疑地看着他们三个人，“你们不知道，在这个时间里，除了皇上之外是不许任何人进太极殿的吗？”

晓星忙说：“是皇上批准的。”

解缙说：“不对！这是洪武皇帝定下的规矩，皇上也不能这样做。”

晓星见赖不过，就撒野说：“解学士，我们可是朋友啊！您就别管这事了！”

解缙却一点不含糊：“朋友也好，公主也好，违反朝廷法规，恕难讲情面。”

小岚看着解缙不依不饶的模样，心想，史书里说这书呆子为人死心眼，只要认定道理，皇室贵胄统统不给脸，今天所见，果然所传非谬。小岚怕他嚷嚷起来惊动朱棣，到时不知如何解释，只好说：“好吧好吧，我们走就是了。”

三个人无奈地走出太极殿，准备回怡红宫。偏偏解缙不放过他们，一路跟着。

晓晴气哼哼地一转身，说：“我说解大学士，我们不是已经如您所愿，离开太极殿了吗？您怎么还像跟屁虫一样死跟着！”

解缙说：“事情还没有完！你们得告诉我，到太极殿干

什么？”

晓星说：“喂喂喂，您为什么非要刨根问底，我们进去玩行不行！”

解缙一副固执样：“不对，我分明看到你们在找什么东西。”

晓晴发起脾气来了：“我说解学士，您别再死缠烂打的，我们小岚可是皇上最疼爱的公主啊！小心吃不了兜着走！”

解缙不为所动，说：“你们再不说，我这就去告诉皇上，让他惩罚你们！”

晓晴发起小姐脾气：“你敢！小心我把你扔进太平洋！”

“好啦好啦！别吵啦！”小岚挥挥手，说，“解学士，好吧，我就告诉您，我们究竟在找什么。反正，我也想有个有识之士能明白我们的处境，帮我们解决问题。解学士是大才子，想来是最合适的人选。”

解缙“嘿嘿”地笑着，说：“不敢不敢。”

晓星气愤地说：“告诉你可以，但是你可要做好思想准备，别昏倒啊！”

晓晴则狠狠地瞪着解缙：“等会儿吓死你！”

小岚领头，一行四人走进一座小凉亭坐下。

小岚说：“其实，我们是来自六百多年后的人……”

解缙一听，惊骇无比，差点从石凳跌下。但他仍沉住气，继续听下去，直到小岚一五一十把事情讲完。

“真是不可思议！真是不可思议！”解缙激动地在凉亭里踱来踱去。他虽不至于昏倒，但也不似平日正常了。忽然，他猛地停住脚步，问小岚，“您不会骗我吧？”

晓晴哼了一下：“偏要八卦问来问去，跟您说了，又不相信！”

小岚说：“解学士，别说您觉得不可思议，连我们自己也感到怪异莫名。”

“好，我相信您。”解缙又看了晓晴、晓星一眼，说，“要是这话出自他们两个，我真是打死都不会相信！”

“你你你你你你……”这话很是伤人，气得晓晴、晓星指着解缙，搓手顿脚生气。

解缙没理他们，继续跟小岚说：“其实我早怀疑你们的身份了。还记得下午我去怡红宫拜访时，您提到我的著作吗？其实，我到现在为止，作品还没有正式结集成书，但已有此打算，而那书名正是我心中所想，如果将来出书时，是一定会用那书名的。我当时听到您直呼那书名，还说看过那本书，我已觉得惊奇，不知您是怎样洞悉我心中所想，还有怎会看到一本还没出版的书籍？”

小岚一听伸了伸舌头，说：“露了马脚都不知道。”

晓晴却阴阳怪气地说："老滑头！"

解缙又说："其实我早就觉得您不像这个年代的人，我从没见过像您这般聪明、勇敢、睿智的女孩子。刚才多有得罪，其实我并没有打算告发你们，只是想借题发挥，逼你们说出真相罢了。"

晓星喊了起来："您还真是老滑头呢！"

小岚瞪了晓星一眼，举起手作敲打状："闭嘴，再敢对学士不敬，小心狗头！"

晓星缩缩脖子，小声嘀咕说："不说就不说，为什么那么凶！"

小岚没管他："解学士，既然您已经知道了我们的来龙去脉，就请帮助我们寻找时光机。只有找到时光机，我们才有机会回到21世纪，才有机会弄清楚我和皇上究竟有没有关系。"

解缙哈哈一笑，说："其实我的办法和你们的差不多，也是一个字——骗！"

晓星一听就说："还是让小岚姐姐扮昏倒？"

解缙从口袋里拿出一瓶酒，晓星一看便嚷道："怪不得书上说您是个酒鬼，看，随时随地都带着酒。"

解缙说："是吗？真的这样说我吗？还说什么了？"

小岚说："说您'义节千秋壮，文章百代尊'。"

“真的吗？”解缙开心得合不拢嘴，他又问，“还有吗？”

“有！说您是怎样死的。”晓星嘴快快地回答，“您是死于……”

“别讲！”解缙赶紧用双手捂住耳朵。

晓星住了嘴：“您不想知道您是什么时候死，还有是因为什么死的吗？”

解缙把头摇得像拨浪鼓，说：“不想！一个人如果知道自己死于何时，是怎样死的，那人生又有何乐趣！”

晓星终于找到报复解缙的方法了，他不怀好意地笑着，趁解缙不提防，又大声说：“您是死于……”

解缙又赶紧捂住耳朵。

“哈哈哈……”小岚见了，也忍不住大笑，笑够了才说，“晓星，别闹啦！解学士，您的办法是什么，跟这酒有关系吗？”

“对！”解缙又从口袋里拿出一包药粉，倒进酒里。

小岚问：“这是蒙汗药吗？用来给侍卫喝？”

解缙说：“不是。这是安睡药，吃了让人有睡意。这几晚我老想《文献大成》一事，睡不好，问御医要的。等会儿我把酒给侍卫喝了，让他们睡一觉，那你们在太极殿里待多久都行了。”

“好办法！”小岚很高兴，“解学士，那就劳烦您了。”

解缙得意地说：“好，那我们走吧！”

接近太极殿时，小岚三人躲在柱子后面，由解缙上前跟那两名侍卫周旋。

“辛苦了！”解缙一副体恤的口吻。

高矮两名侍卫齐声答道：“不辛苦不辛苦，多谢解大人关心！”

解缙拿出那瓶酒，说：“夜深露冷，喝几口暖暖身子吧。”

两名侍卫一见酒就两眼放光，不自觉地咽了咽口水。解缙把酒瓶递到高个侍卫手里，高个侍卫说了声“谢谢”，就打开酒瓶，仰脸喝了几口。接着，矮个侍卫也喝了。两人千恩万谢地，把酒瓶还给了解缙。

解缙哈哈一笑，说：“好好守着大门，别让任何人进去啊！”

“是，大人！”两名侍卫齐声说。

解缙大摇大摆地回到小岚他们藏身的地方。晓星着急地说：“您的安睡药行不行啊？您看那两个傻瓜还挺精神的！”

解缙说：“别急！”

解缙转身，用手指着那两名侍卫，说：“睡吧，睡吧！”

话音刚落，那两名侍卫就开始打哈欠了，接着靠着墙打

瞌睡了，后来便瘫在地上，呼呼大睡。

晓星高兴地拍着解缙的背：“哇，您的药果然了得！我们行动吧！”

一行四人走过去，解缙留在门口望风，小岚三人就跑进太极殿，继续寻找时光机。

小岚说：“这下面都找过了，我们在龙椅附近找吧！”

晓晴带头跑上台阶，趁机去坐坐那张金灿灿的龙椅：“哇，终于坐了一回真正的皇帝龙椅了！”

晓星见了也不甘落后，过去拉晓晴起来：“喂，你别一个人占了，我也要坐，我也要坐！”

晓晴偏不肯：“去去去，我还没坐够呢！”

两人推推搡搡时，小岚已自个儿在附近地面找了一遍，却没发现时光机的踪影。

这时，晓星终于把晓晴扯了起来，自己一屁股坐上龙椅。“哎哟！”没想到龙椅往旁边一侧，他差点跌在地上。

“活该！”小岚一边骂，一边过去帮忙扶住龙椅，“这龙椅早就不稳当了，那天上朝就听一个大臣说，用了什么东西垫着椅子脚，一定是你们推来推去，弄得龙椅又不稳了。咦，用东西垫住椅子脚？！莫非……”

小岚突然想起了什么，她急忙蹲下身子，查看龙椅底下。

“啊！”小岚惊喜地喊了起来，“快看！你们快看！”

晓晴和晓星急忙蹲下来，也往龙椅底下瞧，他们都忍不住欢呼起来——那用来垫住其中一只椅子脚的，不就是那个黑黑的扁扁的时光机吗？

“嘘——”解缙跑了进来，说，“小声点，让人听见就糟了。”

晓星说：“解学士，时光机找到了。”

说完，他爬进龙椅底下，把时光机拿了出来。外星人的东西果然不同凡响，看，那么重的龙椅，平日还加上一个高大的朱棣，但盒子上竟然连一点压痕都没有。

“这小盒子就是时光机？我真不明白，这东西怎么能把你们三个从六百多年后载到这里？”解缙眼睛瞪得滚圆，一副不可思议的样子。

“哈，解学士也有不明白的事！”晓星得意地大笑着，“21世纪，神奇的东西多着呢！就说小盒子吧，就有会唱歌的盒子，可以看戏的盒子，可以看书的盒子，可以跟远在千万里之外的人见面、说话的盒子……”

解缙听得目瞪口呆。

“嘿，不跟您讲了，您见识少，您不懂！”晓星得意地哈哈大笑，自己终于在明代第一才子面前狠狠地露了一手。

“还想听吗？”见解缙点点头，晓星赶紧说，“那您得先听我说说您是怎么死的。您是……”

“不！别说，别说！”解缙赶紧捂住耳朵。

“小坏蛋！别再为难解学士了。”小岚狠狠敲了晓星一下，“我们得赶快离开这里。这时光机的事，不能让其他人知道。不是所有人都像解学士一样理解我们，别人听了，可能会把我们当妖怪办呢！”

一行四人悄悄离开了太极殿，又回到刚才那小凉亭里。

“好了，找到时光机了，我们可以回家了！小岚姐姐，我们干脆趁现在夜深人静走吧。”晓星说。

“这个嘛……”小岚沉吟不语。

晓晴说：“小岚，莫非你不想离开，想留在这里当明朝公主？”

晓星说：“小岚姐姐，如果你留下来，我也留下来陪你。”

小岚说：“我怎么不想回去！21世纪有太多令我牵挂令我留恋的事情，而且我也要回去验证我和皇上的关系，找出自己身世之谜。但是，我总得跟皇上和靖王妃、楚阳交代一声，他们这样疼我，我总不能不说一声就离开呀。”

晓星说：“小岚姐姐说得对。皇帝叔叔和王妃阿姨，还有楚阳哥哥对我也很好，我也得向他们交代一下才能走。”

晓晴若有所思：“对，我也得跟楚阳告别，相处这么多

天，他一定喜欢上我了，我得考虑怎样跟他说再见……”

“嘘……”晓星笑着说，“晓晴姐姐，你这叫自作多情。我都没听楚阳哥哥说过喜欢你。”

“闭嘴！”晓晴气得脸色通红，“你懂什么，爱是刻在心里，不是挂在嘴上的。”

小岚哭笑不得，便生气地说：“你们都给我闭嘴！我告诉你们，不能泄露半句我们要回到未来。只说是……说是我去接养父养母。”

解缙说：“请问小岚公主，你们还会回来吗？”

小岚说：“会！有了时光机，我们可以常走动。以后我还会找个机会跟皇上禀明一切，然后带他去未来，看看21世纪的先进社会……”

解缙嗫嗫嚅嚅地说：“您下次再来，可不可以……”

小岚说：“解学士不必客气，有事尽管说，我一定替您办到。”

解缙大喜，说：“那我就不客气了。我想请公主带一套你们21世纪出版的《春雨杂述》给我。”

“行！”小岚爽快地答应着，令解缙喜不自胜。

“希望公主，把21世纪进步的事物带来，令明代更加繁荣昌盛！”解缙开心地说。

小岚笑道："这也是我所想的。"

"太好了！"解缙抚掌大笑，他又说，"皇上这时应该还在御书房，您可以现在去找他。"

第18章 但愿不是永别

小岚一个人去了御书房，守门侍卫见了，忙施礼："参见福慧公主！"

小岚说："免礼。皇上在里面吗？"

一名侍卫回答："在！小人这就去禀告皇上公主来了。"

小岚忙说："别惊动皇上，我自己进去行了。"

小岚推开御书房的门，悄悄地走了进去。

朱棣正站在御书房中央，他身穿明黄色龙袍，长袖阔衣，腰间束一条玉带，更突显他修长的身材、轩昂的气度，用"英俊潇洒、玉树临风"去形容他，一点也不过分。此刻，他一只手搁在背后，另一只手拿着一本书，正专注地看着，并没发现小岚进来。

小岚没惊动他，她悄悄地打量着这位历史上著名的明成祖。小岚曾在史书上看过对他的描绘，说他生得高大英俊，是中国历史上一位蛮帅气的皇帝。

果然名不虚传。此时他应该是四十岁左右，身上有着一种成熟男子的魅力。

他真是自己的父亲吗？

自从小岚知道马仲元和赵敏并非亲生父母后，她就一直猜测着，自己的亲生父母究竟是怎样的人。但她做梦都没有想到，自己会是明代皇帝的女儿。

这真是天底下最不可思议的事情！

几天来，自己虽然默认一切，最初是出于无奈，后来是出于不想伤害靖王妃，但她始终不敢承认这荒天下之大谬的事。

她挪了挪步子，刚想上前向朱棣禀明去“接养父母”的事，但又停住了，她突然有点犹豫。

万一此去不能回来呢？那古怪的时光机说坏就坏，说不定这次回去，就无法再来了。那么，此次离别不就成了永诀？

人非草木。这些天来发生的种种，一一在眼前掠过，下棋、论琴、畅谈国事、太极殿议政、封公主赠宫殿，即使他曾一度要砍自己的脑袋、杀房孝禹十族，但最后还是一一赦免了。小岚想起朱棣看自己的眼神，那的确是一位真正的慈父的眼神啊！

她的喉头突然像塞了点东西，鼻子也有点发酸。

朱棣大概听到声响，回过头来，他脸上马上绽开了笑容：“是小岚呀！怡红宫还满意吧？东西都齐全了没有？还缺什么，告诉朕，马上给你送去。”

小岚看着朱棣慈祥的脸，发觉此时的他，不像一个国君，倒更像一个关心至微的慈父。想着马上要别离了，她心里未免有点伤感。

“什么都不缺，父皇，您对女儿太好了。”小岚有点哽咽。

朱棣拉着小岚的手，说：“傻女儿，父亲对女儿好，是天经地义的。”

“父皇！”小岚竟一头扎进朱棣怀里，呜咽起来。她突然很害怕，怕回到21世纪之后就再也回不来，再也见不到朱棣和靖王妃了。

她心里突然很希望朱棣真的是她的父亲，不是因为他是明朝皇帝，而是因为他自然流露出来的那种真心、真情。

“父皇，对不起！我之前不听您的话，令您难堪，给您添了许多麻烦……但您一点不怪我，还对我那么好。”小岚竟大哭起来。

“傻女儿，你今天怎么了？哭哭啼啼的，这可不像之前天不怕地不怕的小岚公主啊！”朱棣从怀里掏出一条手绢，替小岚擦眼泪。

“没事没事，我只是突然很想我的养父母。”小岚怕朱棣生疑，便说。

朱棣想也不想就说：“那太容易了。你告诉朕住址，朕

派人去把他们接来，让你们日夜相对。朕也想当面谢谢他们，重赏他们，因为他们替朕把女儿养育得这么好。”

小岚说：“谢谢父皇。不过，这事我得亲自去办，因为养父养母都是清高的文人，不图名利，不攀附权贵。若非我亲自去接，他们一定不肯来。”

朱棣点点头，说：“那好，朕派人护送你去接他们二老。”

小岚摇头说：“不，我跟晓晴、晓星去就行了，跟着一大帮人，反而拖慢行程。况且，我喜欢自由自在，一大帮人簇拥着，我不习惯。”

朱棣犹豫了：“你们几个孩子出门，多危险。”

小岚说：“不会的。我们来的时候，不也是三个人吗？父皇，您就答应我吧！”

朱棣勉强答应了：“那你们路上小心，早去早回！”

“父皇放心，我会小心的！”小岚又对朱棣说，“小岚走后，您要注意休息，别太累了，还要远佞臣、近忠臣，千万不要动辄杀人……”

朱棣看着小岚的眼睛，点头说：“小岚，你放心吧，朕以后再也不会轻易杀人了。房孝禹那件事，朕其实事后想起都出了一身冷汗。要不是你的死谏，不但那八百多人已经人头落地，朕也要背负千古骂名了。小岚，你真是朕的福星啊，你的出现，不但让朕多了一个宝贝女儿，还让朕多了一个智囊。上天待朕真好，在朕初登九五之时，寻回了你。小岚，朕真的谢谢你，谢谢你回到朕的身边！”

“父皇！”小岚又流泪了。

“傻孩子，别哭别哭！”朱棣见小岚哭得厉害，有点手足无措，他想了想，从身上解下一个晶莹剔透的玉佩，像哄小孩似的，“别哭了，父皇送给你一样东西。这是朕小时候你奶奶送的，她老人家说，这是她最喜爱之物，所以送给最喜爱的儿子。你是朕最喜爱的女儿，所以，朕就转送给你吧！”

朱棣边说边给小岚系上玉佩。小岚心中感动，哭得更厉害了。

“别哭了，父皇知道你心里委屈。十六年前，朕辜负了你娘，令她在伤心中死去，也辜负了你，令你这么多年流落在外。今后，朕会加倍偿还你的。过几天，皇后和皇子公主们就会从北平搬来，到时，我会举行一个隆重仪式，昭告天下，以示福慧公主的尊贵无人可比。”

“谢父皇！”小岚抬眼望着朱棣，发现他鬓边竟有一根白发，心里未免有些难过。才四十出头就生了白发，可想而知，这皇位带给他多大的压力啊！

“父皇，您别动，我替您拔下头上一根白发。”她伸手，

把白发拔下，想了想，又悄悄将白发藏在口袋里。

这时候，有侍卫来报：“皇上，戍边大将军刘干回来述职，正在外面等候。”

朱棣看看小岚，不想离开，便说：“叫他先回去吧，明天再来。”

小岚怕再跟朱棣说下去，就再也舍不得离开他了，赶紧说：“父皇，您去忙吧，我也得回去休息了。”

“那好，你早点睡吧，朕明天替你设宴饯行！”朱棣想了想，又从案头拿起一个腰牌，交给小岚，“这个你拿着，有了它，你以后就可以在皇宫进出自如，无人敢阻拦了。”

“好！”小岚含泪接过腰牌。

朱棣说：“那你先走吧！”

小岚看了看朱棣，好像要把他的样子刻入心底，然后说了声，“父皇晚安！”

她转身走了几步，又转身，说：“父皇，您保重！”

“好的。回去吧！”朱棣向她挥挥手。

小岚赶紧转身，怕奔涌而出的泪水令朱棣生疑。

第19章 告别明朝的山山水水

小岚一夜没睡好，天亮前，她就爬起来，点燃蜡烛，写了一封信给朱棣、靖王妃和楚阳。一切弄好之后，她就把晓晴和晓星摇醒了。

晓星揉着眼睛说："唔，我还想睡一会儿，天还没大亮呢。"

小岚说："快起来！我们现在就走。"

晓晴很吃惊："现在就走？还没跟靖王妃和楚阳他们告别呢！"

小岚说："不，不要告别。我不能再见到姨妈了，我担心，一见到她，我就再也没勇气说再见了。"

晓晴说："那也对！见到楚阳，我可能也会不忍别离的。还是不见为好。"

晓星说："那我们不辞而别吗？咦，好神秘啊！"

小岚说："不，我昨晚已经见过皇上，对他说我要去接养父母来这里，他已经有我们要离开一段时间的心理准备了。我今早又写了一封信，跟靖王妃和楚阳说了对不起。"

晓晴说："行，反正我们还可以回来的！嘻，楚阳发现我不见了，一定很着急。下次回来，他一定会拉住我不放，说不定还会向我求婚呢！"

晓星说："姐姐，天都亮了，你还做梦呀！"

"去你的！"晓晴瞪了他一下。

小岚没心情跟他们斗嘴，她心里挺惆怅的："快走吧！要不侍女们醒来，就走不了啦！"

晓星多了个心眼，说："你有没有带点可以验证DNA的东西回去？"

小岚说："有啊！"她说完，就开始翻口袋。昨天她曾放了朱棣的那根白头发进去呢。

"哎，幸亏没丢！"小岚小心地捧着白头发。

"你放在口袋里，很容易丢的。"晓星拿出时光机，打开盒子，说，"小岚姐姐，你把头发放进盒子里吧！时光机是重点保护物品，一定不会丢！"

小岚想想也对，便小心地把头发放进了时光机里。

三人蹑手蹑脚离开了怡红宫，幸好有了朱棣给的腰牌，他们一路通畅，顺利出了皇城。

"我们在哪里启动时光机？"晓星环视四周。

小岚看了看周围，虽然是大清早，但已有一些早起的百姓在走动了，便说："这里不方便，我们还是去郊外吧！"

于是三人又向前走，走了一会儿，突然听到后面有人喊：“等等！”

晓星说：“糟糕，让人发现我们的行踪了！”

小岚回头一看，发现来人是解缙。

解缙匆匆走来，说：“你们可真早啊！幸亏让我赶上了，可以送你们一程。”

小岚说：“谢谢您！我们边走边说吧！”

解缙看看左右，说：“皇上不知道你们走吗？”

小岚说：“我告诉他要去接养父母，但没说今早走。”

解缙说：“我理解，毕竟别离是很痛苦的。那我就代表大明王朝，代表大明子民，来送你们一程吧！”

小岚说：“谢谢您！”

晓星一见解缙，又心痒痒的：“解学士，您真不想知道您是什么时候死，又是怎样死的吗？”

解缙一听大吃一惊：“不想不想！别说别说！”

小岚见晓星一副不达目的誓不罢休的样子，又好气又好笑，便跟解缙说：“解学士，其实您不妨听听，或许对您将来趋吉避凶有好处呢！”

解缙说：“是福不是祸，是祸躲不过。我知道自己直谏敢言，得罪人多，必死于非命。如果知道了自己的下场，我

会前怕狼后怕虎，样样避忌，那岂不跟其他只懂拍马吹牛的大臣一个样了！所以，不知为好！”

小岚笑道：“那好吧，晓星，你就别说了。”

四人说着话，不觉已到了寂静的郊外。小岚说：“好吧，解学士，我们就在这里启动时光机，您请回吧！”

解缙说：“不，我想看看你们是怎样被时光机带回去的。”

晓星说：“不行啊！这时光机一发动起来，会发出炫目的光，会弄坏您的眼睛的。”

解缙说：“那好，我躲远点，光听不看，行了吧！”

“那您小心点吧！”小岚说着拿出一封信，交到解缙手里，“这信是给您的。不过，等我们走了以后，您才能看。”

解缙奇怪地说：“有什么话不能现在讲，要写在纸上？”

小岚调皮地挤了挤眼睛，说：“您看了就知道了。”

晓星握着解缙的手，说：“偶像，再见了！我会记住您的！”

“我也会记住你们的。”解缙握着晓星的手，又对小岚说，“公主，早点回来啊，别让皇上和靖王妃挂念。”

“我会的。解学士，再见！今后有劳您协助我父皇处理国事，小岚先在此谢过了。”

“公主放心，为皇上分忧，是臣子的责任，解缙万死不辞。公主、晓星、晓晴，解缙告辞了！”

小岚、晓晴和晓星一齐挥手，说：“解学士拜拜！”

“拜……拜！”解缙也学着他们挥手，一边挥一边嘀咕着，“你们香港的告别语也真奇怪，拜……拜……”

解缙转身走了。

晓星好奇地问小岚：“小岚姐姐，你写了什么给偶像？”

小岚说：“写了你老想跟他说的事。”

晓星一听大乐：“哈哈哈哈！小岚姐姐，你真行。”

晓晴好奇地说：“究竟解缙是怎么死的呢？还有你们为什么非要告诉他这件事？”

小岚说：“解缙有一次进宫，要向明成祖上奏事情，刚好明成祖不在，解缙是不拘小节之人，就去找太子说了。谁知这事被一些奸臣大加渲染，说解缙目中无皇帝，与太子结党营私，明成祖一怒之下，就把他关进了大牢。后来，有一个跟解缙不和的权臣，在大牢里把他灌醉，将其扔在雪地里活活冻死了。我在信中说了这事，好让他避过这牢狱之灾，也免得后来死于非命。”

晓晴听得打了个冷战：“希望这封信能起作用，让那书呆子避过一劫吧！”

这时候，晓星已开始摆弄时光机，预设回去的年代了。就在时光机开始发出炫目的光时，小岚向皇城方向留下了最后一瞥，心里默默说："再见了，但愿我们能再回来。"

第20章
岚之思

小岚睁了睁眼睛，感到有点头晕，就又闭上了。

过了一会儿，她又睁开了眼睛，她吓了一跳，怎么面前有一个跟自己一模一样的人？！该不是晓星又按错了什么年份，把他们带到了一个莫名其妙的、一个人会分裂成两个人的古怪年代吧？

她定了定神，不禁哑然失笑。原来，她正坐在一面镜子前，她看见的正是镜中的自己呢！

再看看四周，她不由一阵惊喜，她竟然回到红馆化妆室了！

身旁有人哼哼着：“哎哟，摔得我屁股好痛！”

那是晓晴的声音。

又有人拉拉她的衣服，还唤着：“小岚姐姐，小岚姐姐！”

她一看，是晓星。晓星兴奋地指着墙上的日历、挂钟，嚷道：“小岚姐姐，快看，我们刚好回到之前穿越时空的那一刻呢！”

小岚一看，果然是演奏会那天，而指针正指着两点

二十分。

“小岚公主！”这时有几个人进来了。那是孔局长，以及这次音乐会的统筹蔡小姐等人。

孔局长客气地对小岚说：“小岚公主，快开演了，请您去幕侧准备出场。”

刚从六百多年前的古代归来，小岚的神情仍有点恍惚，她嘴里应道：“行、行……”

蔡小姐关心地看了她一眼：“小岚公主，您是不是有点累？”

小岚说：“不不不，没事，可以按时开演。我们走吧！”

蔡小姐说：“谢谢。有请公主。”

孔局长在前面引路，把小岚带到了舞台幕侧。

舞台上用激光打出了一幅美丽的大自然美景——高高的山岭、奔流的河川、漫山的红叶……舞台中央搁着一张红木雕花的琴案，上面放着用绿色绸缎蒙着的古琴。

当女主持人揭开蒙在古琴上的绿色绸缎时，台下观众不禁发出了惊叹声。

那是一张因年深日久而变成深褐色的古琴。琴约三尺长，两头均呈优美的半圆形，七根琴弦均等地绷在琴身上，琴面面板为梧桐木，琴底板为梓木，琴徽是用翠绿的玉石制成的。

小岚心里翻起一个热浪，她想起不久前在大明王宫的荷花池边，和朱棣一起谈琴论曲的那个晚上。

她只顾想心事，连主持人介绍她出场都没听到，还是晓晴推了推她，她才定了定神，步上了舞台。晓晴和晓星紧随她身后。

小岚穿的是靖王妃送给她的那套绿衣裙，淡妆素裹，更兼她清丽脱俗的容貌、高贵大方的举止，令人仿佛觉得，一位美丽的小仙女翩然而至。观众席上马上响起雷鸣般的掌声。

小岚朝观众行了个礼，然后走到古琴前坐下。

小岚激动地用手轻轻抚弄琴面，真的是“翠岭遗音”！除了岁月磨砺，琴的颜色变深之外，一切都和六百多年前的那张琴一样。猛然，她在右侧琴面上发现了三个小字，那是她在明代时所没有的啊！她按捺着激动的心情，仔细一看，竟是三个隶书小字——“岚之思”。

小岚想，那一定是自己离开后才刻上去的。岚之思，岚之思？什么意思？难道……难道自己回不去明代了，朱棣因为思念女儿，在琴上刻了这三个字？

小岚顿时热泪盈眶！

可是，理智告诉她，台下观众正等着听她演奏。她唯将

一腔伤感寄于琴音。

她捋起翠袖，气沉丹田，伸手轻轻一拨，古琴声清润至透，有如珠落玉盘，一下就抓住了在场观众的心。好琴能经得起岁月侵蚀，听那低音区音色深沉、苍劲，中音区音色厚重、纯净，高音区音色清细、明朗，泛音音色渗透力强，真是一张绝世好琴！

一曲《潇湘水云》从小岚指下流泻而出。她展开灵活修长的十指，以气运指，刚柔相济，在七根琴弦上“滚、拂、绰、注”，让人感觉到了如钩的明月，清澈的山泉，浩浩的河川，飘过堤岸的花香……最后再现的“水云声”，直泻出一腔柔情，流露出她内心无限的追忆和感慨。

一曲既终，全场寂静了十几秒，然后才突然爆发出如雷的掌声。

小岚完全进入了角色，接下来演奏的曲子简直到了出神入化的境地。也许是由于之前曾得朱棣指点，也许是由于她倾注了一腔感情，演出取得了空前的成功。

演奏会结束，小岚在热烈的掌声中一再谢幕。随着大灯的亮起，小岚这才看清楚观众席上竟然有万卡英俊的脸庞，他竟然放下繁忙的国务，从乌莎努尔飞过来看她演出。看着他关爱的眼神，小岚心里的惆怅顿时缓解了许多。

突然，她的目光落在万卡旁边的那个人身上，啊，是赵

敏妈妈，她竟然抱病来看自己演出。

小岚不顾一切跑下舞台，奔向赵敏。可是，当赵敏张开双手，笑容满面地要拥抱她时，她却突然一脸震惊，猛地停住了脚步。

这是怎么回事？妈妈因为要接受化疗，人已经瘦了一大圈，头发因为大量掉落而不得不戴着帽子。但面前的妈妈竟然红光满面，满头浓密的乌发，这真是患了绝症的妈妈吗？

赵敏抢前一步，把小岚搂在怀里："祝贺你，好女儿，你弹得太棒了！比以往任何时候都棒！"

小岚还是呆呆地看着她，嘴里说着莫名其妙的话："妈妈，您的头发？妈妈，您怎么不在医院治病……"

赵敏笑着说："我等会儿就去。只不过是肝癌嘛，小意思，打打针吃吃药就好了。"

"啊！"小岚更吃惊了，打打针吃吃药？肝癌，那几乎是不治之症啊！

赵敏似乎对小岚的反应很惊讶，她接着说："你别担心，小病而已。自从房博士发明了'消癌灵'之后，治癌症就像治感冒一样容易。"

"真的！"小岚简直不敢相信这是事实。

赵敏见小岚一脸疑问，便掏出一张名片，说："你要是不放心的话，明天跟我一块儿去复诊，我介绍你认识房博士。看，就是他。”

小岚接过名片，只见上面写着：

中国癌病防治研究所所长
中国香港中医院院长
房弄潮

“房弄潮？！”小岚大吃一惊。她记起了房孝禹交给她的那本族谱，那后辈排名序列上的“弄”字，房弄潮极有可能是房孝禹的后代子孙。难道真是这么巧？自己救了房孝禹十族，竟然为人类保护了一位杰出的医学天才，从而改变了历史，也救了自己亲爱的妈妈赵敏！

小岚激动不已。

她情不自禁地扑到妈妈怀里，哭着说：“妈妈，您没事就好！”

赵敏拍着小岚的肩膀，说：“傻孩子，哭什么呀？妈妈又不是得了什么绝症！”

这时，晓星慌慌张张地跑了过来，边跑边嚷嚷着：“小岚姐姐，不好了，时光机不见了！”